周华诚 主编

陪花再醉一会儿

浙江工商大学出版社
ZHEJIANG GONGSHANG UNIVERSITY PRESS
·杭州·

图书在版编目(CIP)数据

陪花再醉一会儿 / 周华诚主编 . — 杭州 : 浙江工
商大学出版社，2022.9
ISBN 978-7-5178-5102-8

Ⅰ . ①陪… Ⅱ . ①周… Ⅲ . ①散文集－中国－当代
Ⅳ . ① I267

中国版本图书馆 CIP 数据核字（2022）第 154033 号

陪花再醉一会儿
PEI HUA ZAI ZUI YIHUIR
周华诚　主编

出 品 人	鲍观明
策划编辑	沈　娴
责任编辑	费一琛
封面设计	周伟伟
责任校对	夏湘娣
责任印制	包建辉
出版发行	浙江工商大学出版社
	（杭州市教工路 198 号　邮政编码 310012）
	（E-mail: zjgsupress@163.com）
	（网址: http://www.zjgsupress.com）
	电话: 0571-88904980, 88831806（传真）
排　　版	杭州朝曦图文设计有限公司
印　　刷	杭州宏雅印刷有限公司
开　　本	787mm×1092mm　1/32
印　　张	10.5
字　　数	166 千
版 印 次	2022 年 9 月第 1 版　2022 年 9 月第 1 次印刷
书　　号	ISBN 978-7-5178-5102-8
定　　价	72.00 元

序

对一个地方进行深入了解，吃是最感性和最性感的方式之一。

食物里面有地域文化，有市井风情，有人情温暖，有生活日常。

我出差去一个地方，一定要尝尝那里的特色小吃，而且不是在大饭店里吃，得钻进充满烟火气的巷子里头去觅食——似乎只有这样，才算得上完整地认知一个地方。

尤其当下，许多地方仿佛是同一个化妆师涂脂抹粉打扮出来的，面容何其相似。走在陌生的街头，也直让人恍惚，眼前的景象似曾相识。正因如此，吃，就显得格外重要。或者可以说，就剩下通过"吃"这个途径，才能体会到一点儿当地的特色了。

常山是我的家乡。自小吃的食物，妈妈做的饭菜，造就了肠胃的乡愁。长大后离开家乡，行旅天下，不管走多远，都会想念家乡的味道。

没有在深夜里想念过家乡味道的人，不足以谈乡愁。其实，真要说起来，老家的味道也并没有多么特别，无非平常日子里的温暖，是人间的滋味。但这滋味悠长，叫人牵挂。

一方水土养育一方人，也养育一方文化。我常常想，常山这样的地方，低调而深沉，如静水深流，自有一种人间风情。这样的地方，应该有更多的文化名人名家走走住住。或许，今天留下的只言片语，对于未来，也是一份时间的记录材料，是一份久远的乡愁承载。

这本书里，收录苏沧桑、海飞、李青松等知名作家的写食文字，也收录了余风、周华诚、何婉玲、松三、黄良木、姜君、林志贞等在地作家的文字。这些文章所写到的食物，都是常山的地道风物，充满人间烟火气息，也饱含人们在长期的生活实践里，一份对美好的不懈追求。文字既鲜活又朴素，既有对食物本身的生动描摹，又有对生活的诚恳热爱；既是对一方文化的着力书写，又是对记忆中人情美好的不遗余力的传达。

常山有一座山，叫三衢山；常山有一条河，叫宋诗之河。山河的味道，就是常山的味道。希望更多的人，在读了这本书后，能对常山这样一座小城产生向往之情；能循着文字的道路，到常山的乡野街市四处走走，寻鲜觅辣，感受一座小城的诗意与风雅。

周华诚

2022年3月29日

目 录

陪花再醉一会儿

卷一

○

人在山中

○

常山胡柚

李青松

衢州常山，是著名的胡柚之乡。在中国，仅有这一块地方产胡柚，真是奇也。胡柚是一种有趣的鲜果，生长在南方，在特定的经度与纬度上，却偏偏穿着说厚不厚，说薄不薄的棉衣。看来，这棉衣不是为了防冻，而是另有功能了。

那年11月初，我到常山走动了一番，感受到了胡柚给常山人带来的喜悦。在常山，山岭上的胡柚多得碰头，要弓腰俯首才能穿行。偶尔，有求欢的鸟从这个枝上跳到那个枝上，叫上几声，然后隐入密密的树丛后面。浪漫的空气中弥漫着淡淡的芳馥，如入仙境般美妙。我忽然想起一句诗："我喜欢听鸟歌唱，如果它不歌唱，我就在树下等它开口歌唱。"不过，我可没时间等鸟歌唱，因为在常山，倾听胡柚的故事胜过欣赏鸟的歌唱。

常山人戏称胡柚是"自备冰箱"的鲜果。自然温度状态下，胡柚可以放置长达七个月的时间。味道不是越来越糟，而是越来越美。有了"自备冰箱"，全世界任何角落的人不都可以吃到胡柚了吗？在常山的乡间，淘宝的网店就设在胡柚园旁边，比比皆是，方便极了。你想吃哪个园子里哪棵树上的哪个果子，手指轻轻一点鼠标，就等着吃吧。

胡柚比柚子小，比橘子大，像橙子，却跟橙子没有关系。荔枝是甜的，但甜得太猛烈了。柠檬是酸的，但酸得太端庄了。黄连是苦的，但苦得太粗鄙了。胡柚则有一种圆融的本领，把甜、酸、苦融合在一起，创造出一种独特的味道——酸甜适度，甘中微苦。我孤陋寡闻，还真说不出来，除了胡柚，还有什么鲜果有这种本领？

总体来说，胡柚性凉，清凉祛火，镇咳止痰，能排除体内的毒素。像李逵、鲁智深这等性格鲁莽、脾气暴躁之徒，火气大，脾气大，也许是因为没吃过胡柚，如果吃一段时间，性子一准温和了，火气也没了，看啥都顺眼了。而颇具大唐气质的女生们，对胡柚更应该青睐无比，它排毒去脂，每日吃上一个，身形自然苗条。

淳朴的常山人打理胡柚遵循的是生态法则，一切顺从自然：不施农药，不用化肥，全靠力气和汗水。他们在胡柚林里养鸡，鸡在树下无拘无束，抓虫擒蛾，鸡粪则可以肥树，肥果，肥柚农的日子。

实际上，并不只有常山产胡柚。早在1825年，葡萄牙人就从常山的青石乡胡家村把胡柚引种到同纬度的美国佛罗里达，胡柚居然很适应那里的土壤和气候，长势很好，味道也不赖。不过，人家不叫胡柚了，而叫西柚（也叫葡萄柚）。胡柚转了一圈，回到中国，身价倍增。在北京的超市里，我见到过这种傲慢的西柚——大多时候也只是看看。当然，阔绰的吃货们是不在乎价钱的，不过，吃也要吃个明白——西柚的祖籍是中国的衢州常山。

吃胡柚是有讲究的。不得法的话，吃到的都是苦。衢州市作家协会名誉主席许彤老师是吃胡柚长大的。她告诉我，一个胡柚到手后，先去掉那层棉衣（胡柚壳），里面会露出一层棉絮状的橘络，橘络包着的就是肉，一瓣一瓣的。注意，那层橘络也是可以吃的，但是你可别嫌苦。其实，胡柚的一切秘密就在那层橘络上。打个比方吧，那层橘络就相当于暖水瓶的胆，其作用不言而喻。撕去橘络，吃一口，先微酸，后微甜，接着，淡淡的酸、甜、苦混杂的味道就出来

了。"棉衣"也别扔呀,它可以和冰糖一起,用小火熬煮约六十分钟,再舀入蜂蜜,金黄、油亮的胡柚蜜茶便炮制而成了,据说味道不是一般的好。她还郑重其事地说,未打过蜡的胡柚皮与川贝、冰糖炖出的汤汁,堪称镇咳化痰的特效药。

胡柚尽吸天地之灵气,幽谷之精华,深得阳光的朗照和雨露的滋润,绵长而深厚。常山人有福气!

回京前的那个晚上,我拿起一个胡柚,漫不经心地剥着那层"棉衣",橘络未舍得扔掉,连同一瓣一瓣的果肉吃了下去。当我一边翻阅亨利·戴维·梭罗的《瓦尔登湖》,一边回味着胡柚那独特的味道时,猛然间获得了一个重要的启示——

当甜和酸太容易得到时,微微的苦就是一种难寻的境界。过度的甜,会使我们忘乎所以;过度的酸,会使我们意志消沉。唯有微微的苦,才会使我们的头脑清醒,激励我们去寻找快乐和幸福。

这不是名人说的,是我说的。

陪花再醉一会儿

木榨茶油

李青松

七月半，

茶籽乌一半。

过中秋，

茶籽乌溜溜。

民谚里往往透着经验和智慧。茶籽的成熟程度是跟着时令的变化而变化的。这里的茶籽是指油茶籽。衢州常山，是野生油茶天然分布区，宋末元初时，就已经大量种植油茶，民国二十四年（1935），茶油产量就已达到了四十万公斤。民间有族谱载道，各房裔孙不得砍伐油茶，违逆者，或断臂，或断指，或沉塘。好家伙！在常山，油茶就是这样得到了最严格的保护。一种事物的传承延续，有时可能得益于民间的规矩。或许，这就是例证吧。

吃茶油长大的毛泽东对油茶怀有很深的感情。中华人民共和国成立初期，要办的事情太多，顾不过来，到1956年，毛泽东终于为油茶说话了。他说："要大抓木本粮食，大抓木本油茶，建设炸不烂的油库。"显然，说这番话是有背景的——当时美国对中国搞经济封锁，食用油比石油还紧缺。谁也靠不住，只有靠自己。油茶生长在山岭上，是中国本土木本油料植物，不怕飞机大炮的狂轰滥炸。种油茶，建山上的油库，光是给浙江一个省下达种油茶的指标就达一千万亩。很快，周恩来主持召开全国棉油糖会议，听取各方面意见，研究怎样建设"炸不烂的油库"。当时，参加会议的常山县委副书记于耐毅是油茶之乡唯一的代表。会议代表的名册就在周恩来的手上呢，在讲到油茶问题时，周恩来说："常山的于耐毅同志，你讲讲嘛，你们那里是怎么发展油茶的？"在那样的场合，常山及常山人被周恩来点名，常山油茶从此天下闻名了。

早年，在常山的乡间，木榨油坊同碾坊和豆腐坊一样寻常。这种被称为"木龙榨"的榨油方式，又被当地人称为"对撞子"。因为所谓木龙榨，完全是通过肌肉发达、臂力惊人的油匠师傅挥舞油槌撞击木榨达到出油的目的。这种极为原始的榨油方式，粗犷，豪放，甚至有几分野性的意味。

明代的宋应星在《天工开物》中记载：

　　凡榨木巨者围必合抱，而中空之。其木樟为上，檀、杞次之（杞木为者，防地湿，则速朽）。此三木者脉理循环结长，非有纵直纹。故竭力挥椎，实尖其中，而两头无璺拆之患，他木有纵纹者不可为也。

这段文字是说，做榨木的只有樟木、檀木和杞木的巨木合适。若是没这三种巨木怎么办呢？宋应星早替我们想到了——

　　中土江北少合抱木者，则取四根合并为之，铁箍裹定，横栓串合而空其中，以受诸质，则散木有完木之用也。凡开榨，空中其量随木大小。大者受一石有余，小者受五斗不足。

我于常山走动时，在新昌乡黄塘村一处老油坊里看到的木龙榨，曾深深地震撼了我。一般而言，木榨油坊必建在溪流边。因为碾磨油茶籽要有水车才行，而水车要有水才行。有一位叫高星的学者说，几乎所有原始生产工具都是从圆周运动中得到动力的。还真让他说着了，水车遵循的也是圆周运动的原理，而水则是水车的动力之源。木榨榨油的工序比较繁细，包括采果、堆沤、晒果、脱壳、晒籽、碾粉、过筛、烘炒、蒸粉、包饼、榨油、过滤等十多道工序。按照采收季节不同，油茶籽有寒露籽和霜降籽两种。适时采收，才能保证出油率。每年寒露和霜降一过，人们就挎上背篓，系上布兜，上山开始采摘油茶果了。油茶果采回家，经过堆沤、晒果、脱壳、晒籽等工序，即可将油茶籽担到油坊榨油。从一颗颗饱满的山茶籽，变成一滴滴色泽金黄、清香四溢的山茶油，那是一个辛苦而又欢快的过程。

　　沈从文在他的小说中描写过油坊和榨油情景。不过，沈从文湘西老家的油坊似乎没有建在水边，因为他描绘的油坊里碾油茶籽的动力不是水车，而是三头黄牛。可惜哟，沅江的水就那么白白流走了。

　　榨油是个力气活。油匠师傅告诉我，一般四斤油茶果出一斤油。每次压榨得填满二百多斤油茶饼，一天得榨三五车，近一千斤。"哎呀呀，一天撞下来，人都快累瘫了。"

碾粉是榨油的一道重要工序。就是将晒干的油茶籽放入大碾槽中碾成粉末。磨碾以水车作为动力，用水碓碾粉。碾碎后的油茶粉要过筛，筛是特制的。过筛后的油茶粉倒进特制的平锅（呈四十五度斜角）里烘炒，去除水分。烘炒是一种十分讲究的工艺。火太猛，油茶粉容易烧焦，影响茶油的色泽和清香度；火太弱，水分不能完全散发，同样会影响茶油的纯度和品质。只有技术过硬的师傅，才能将油茶粉炒得松而不焦，香而不腻。这是真功夫呢！这是靠日积月累练就的。

接下来就是蒸粉和包饼了。蒸粉的蒸笼是专用的，外形如蜂桶。将炒好的油茶粉倒入其中，蒸熟蒸黏，为包饼做好准备。包饼不但要求师傅有良好的腰力、臂力，还要有相当的巧力、准力。包饼师傅事先将三个铁箍叠放在平地上，扭一个叫"千金秆"的稻草结，呈放射状铺在铁箍上，作为包饼底衬，然后将热气腾腾的油茶粉倒进铁环中，赤着脚飞快地将油茶粉踩平踏实，形成一个圆茶饼。包饼的过程有讲究，如果稻草结没扭好，茶饼一拎就散。饼包厚了不行，影响出油率；饼薄了也不行，饼粉藏在铁箍里榨不干，出油率

更小。一般人不知道，包饼师傅的一双手就如同一杆秤。每一百斤茶籽包十二块饼，每块饼榨干后重六斤半，上下不得差三两，这是有严格要求的。包好的茶饼，叠放在一起，就可以统一放到木龙榨里榨油了。这是茶油制作的中心环节，俗称"打油"。传统的木龙榨，重超千斤，用一根或两根大硬木镂空制成，横摆在榨油坊的显要位置，看上去活像一条长龙，当地人称其为木龙榨。一般来说，每家油坊至少有两架木龙榨，每架木龙榨可放四十块饼。

油匠师傅们沉默寡言，只埋头做事。

一切准备就绪，即以硬木专门制作的油槌大力撞击钎头，不断地挤压茶饼榨出油来。为了消除疲乏，增强干劲，油匠师傅编创了许多劳动号子，一边用力撞击，一边喊着号子：

嘿噜呀——安噜也！

加把劲啊——使劲砸啊！

龙神肚出油啦——哎嗨呦！

撞头重重打啊——呀啦嗨！

茶油喷喷香啊——嗨呀嗨！

那号子铿锵有力，排山倒海，气壮山河。那号子伴着撞头重重的撞击声，奏出了山村最朴素的生活交响乐。清香明亮的茶油从龙榨口慢慢渗出，号子越来越响，油流淌得更欢了。油匠师傅在枯燥劳累的榨油过程中，创造出许多技巧动作，那可是真正的民间舞蹈呀。油匠师傅单膝跪地，让油槌的槌头朝天而立，然后"呼"的一声狠狠地打下去，这招叫作"一枝香"；两个师傅背靠背来回打油较劲的，叫作"鲤鱼穿梭"；油匠师傅猛地向后退几步，手中油槌凌空飞起，在号子声中撞向钎头，整个木龙榨被撞得前后摇晃，这就是所谓"老虎撞"……浑厚整齐的号子声撩拨人心，像是从遥远的地方穿透层层阻隔而来，粗犷潇洒的榨油动作，自始至终传承着山民勤劳朴实的宽厚情怀。

恰巧，当我在黄塘村木榨老油坊拍油匠师傅劳作的照片时，从一辆大巴车上下来一批光大白腿穿长筒黑皮靴的模特。那些美女不放过任何上镜的机会，抄起油槌就做表演状，其中一个失手险些敲掉一个旁观者的脑壳，令众人大惊失色。

木榨拒绝一切矫揉造作，虚情假意，娇声嗲气。木榨对所谓时尚和流行说不。

木榨老油坊是黄塘村的标志性符号。有老油坊在，有木龙榨在，就说明黄塘村的历史还喘着气，血肉和精神还活着。

如今，在南方的许多小街巷里，我们常能见到一种全新的袖珍榨油机，只需几分钟——将油茶籽倒入榨油机漏斗槽内，打开电源开关，金黄的茶籽油就源源不断地流出来了。新型电力榨油机出油率高，耗损小，工序简单得仅剩几个抬手就能完成的动作，而且价格便宜。一个小老板告诉我，一台质量上乘的袖珍榨油机不过才一千余元。省时，省力，省钱，实在是好。何况，那些大型的现代化的油茶加工企业正在崛起，更令木龙榨无可奈何花落去。在高速发展的社会，效率的丧失便意味着被淘汰。由于木龙榨工序繁多，过于耗费时间和体力，因而最终不得不面临着消亡。

山村的一些老油坊已经破败，不成样子了，但我可以肯定，关于乡村的记忆和灵魂还在木龙榨的肚子里。在现代化的进程中，许多古老的生命受到无情的冲击，性格没了，年龄没了，个性记忆被删除得干干净净，我们已经无法感知和认定乡村的文化性格和精神历程了。而黄塘村的木龙榨则为我们保留了一份难得的记忆。看到木龙榨，就像看到了慈爱而温暖的老祖母，踮着小脚，捧一把米，"咕咕！咕咕！"丢给小鸡。在老油坊里，在木龙榨的近前，浮躁的心会得到片刻安宁。

经历了岁月的淘洗，古老的木龙榨以其特有的生命力延传至今，它榨出的茶油散发着醇厚的油香，沁人心脾，绵久悠长。

抚摸着那古老的木龙榨，我忽然想起日本手工艺大师柳宗悦说过的一句话："好的器物当具谦逊之美，诚实之德，坚固之质。"好嘛，按照柳宗悦的标准，也许，木龙榨就是这样的好器物。

傍晚，木龙榨安静下来了，老油坊安静下来了，黄塘村安静下来了，只有偶尔传出的一两声狗吠。这和白天相比，形成巨大反差。黄塘村有足够的自信对抗外部的诱惑。它不在乎外界的议论和评价，也不太需要市场经济的烛光照亮这里。因为，它有自己的准则，自己的规矩，自己的秩序——不浮躁，不慌乱，不盲从。

黄塘村的木龙榨固执地保持着自己的本色，秉持着自己的传统和精神。许多东西并不需要改进，只需要固守。多少年来，我们是改进的太多，固守的太少。在民间文化日渐消失的今天，固守是多么不容易啊！

　　也许，机器榨出的茶油就是茶油，看不到人的身影，没有体温，没有趣味。而木龙榨榨出的茶油则不仅仅是茶油，它还被赋予了更多的故事，更多的时间和更多的心情。

　　与其说，木龙榨是一种传统守旧的榨油方式，倒不如说木龙榨表现了黄塘村人对待生活的一种态度。我喜欢。

你静默的样子

苏沧桑

当人们又一次被岁末的脚步声震得惊惶不安时，江南深处的常山，却早已与时间化敌为友。

这是一瓣胡柚肉，进入口中的时候，我倒吸一口冷气——苦、酸、凉，像遭遇了劈头盖脸一顿骂，顿时五官纠结。但我硬是咽了下去，我知道，我拒绝它，就是拒绝一位诤友。它不仅是果实，还是良药：性凉，去火，解毒。

回味来了，舌根深处的甘甜，如幽暗隧道口突然亮起的光。惊喜。

这一瓣胡柚肉，像一粒粒被阳光染透的金色水珠，刚从常山的某一座山、某一片胡柚林、某一棵树、某一枝被采下来。胡柚比橘子大，比柚子小。药食共通。神奇的是，春节一过，胡柚会脱胎换骨般变得极其香甜可口，却不失药力。

陪花再醉一会儿

这是天赐的恩泽，也是时间使然。

在常山，时间成为一种不一样的存在。在无数的城镇里，时间与人们是对手，甚至是敌人，人们永远在与它赛跑，较劲，埋怨它，痛恨它。时间仿佛也痛恨人们，因为，时间明明分分秒秒实实在在存在，对每一个人都最公平，而人们总是说"我没时间""时间怎么过得这么快"或者"岁月无情""度日如年"等。在江南深处的常山，时间像一个不再年轻、已然成熟但也不再老去的中年男人，无声地站在天地间，倾听，沉默，微笑，并眷顾着常山的一切——因为，在常山，人们最需要的，仿佛就是时间：柚子长熟，变甜，石头长大，变美，山茶树开花结果，变成珍贵的山茶油。人在酸苦劳累的日子中慢慢体味到甘甜，都需要长久的时间的青睐、逗留。时间，是他们的挚友。

此刻，时间遇见一只胡柚，陪伴它变成可以出口的中国水果。时间等它被人们用手从树上摘下来，送到厂里的流水线上，几十道工序，几十个工人，就为了一只胡柚，像对待一个新嫁娘。

然后，时间变得更加耐心。在那个如同隔世的巨大车间里，上百个几乎整个裹在防尘防菌衣帽里的男女站在操作台前剥胡柚肉，站几小时，或整整一天。一些外观不太漂亮的胡柚，流淌到了这里，被工具、被手，变成了一粒粒分散的果粒！

站着多累，为什么不坐着？我问。

站着快呀，坐着使不上劲。旁边有人说。

我瞬间汗颜。如果让我站一小时，即使半小时，我也宁可不吃这些果粒，不喝那些果粒做的饮料。可是，这是他们的生计啊。如同我手里的矿泉水，身上的衣服，兜里的餐巾纸，我早晨吃的那一碗鲜美无比的页面，经过了多少双手？劳作时，他们是站着，还是坐着？

巨大的玻璃墙把我和那些人隔离在时间的两边。人群静默，仿佛站立是一种虔诚的仪式，是对时间的敬畏和珍惜。

现在，时间来到一棵三百多岁的山茶树前。满树的白花裸露在山石小道旁的阳光下。她的枝干遒劲苍老，她的花无比粉嫩。

冬日的阳光很暖，风很凉。她刚刚被采摘完山茶果，应该是坐月子的时候，可是，她还没有被采完果子时，满树的花就已经开了。如果她是一个女人，她的第一胎还没有生下来时，她就又怀孕了，她怀孕的时间是十三个月。春夏秋冬，所有季节她都在怀孕，一辈子都在怀孕，开花，结果，永不停息。"抱子怀胎"，这是她的宿命，累一生，苦一世，像世世代代的母亲。

我学着当地人的样子，摘下山茶树下的一根茅草，折成三段，然后，凑到一朵山茶花前，吸食花蜜。耀眼的嫩黄的花蕊啊，应该是她最柔软、最敏感的地方，乳房或者产门，是婴儿的天堂，我不忍直接用尖锐的断草茎刺痛她，便用另一头细软的草尖，轻轻沾了一下。一滴花蜜，来到了舌尖上，是仔细感觉才能品出的温润的甜，转瞬即逝，恍惚有记忆深处乳汁的味道。

透过累累的花叶，我努力找寻着她的腰肢，想象她被压弯的样子，可是没有。当地人掰下一条树枝，居然无比柔韧。他们小时候就在树上捉迷藏，落地为输，孩子们从来不会因树枝断了而摔下来。山茶树，默默地任人们吸她，压她，踩她，摘走她的孩子们，从古至今，从未说过一句话。

现在，离开母亲的孩子们——山茶果来到了古老的榨油坊，在变成一滴油之前，改由时间耐心陪伴它们破茧成蝶。古老的榨油坊，不见年轻人，只有几位掌握着古老技术的老人，在慢慢劳作。山茶果要在太阳下晒够了天数后，舂碎果壳，磨碎果肉，炒干，过筛，蒸熟，再铺成一个巨大的圆饼，包上蒲叶，一个一个地压入一头牛那么大的榨油机里。老人们默默地将巨大的木块塞好，凝神屏气，抡起巨大的撞杆撞向榨油枕木，"叮——叮——叮"，老人们脸上没有表情，肌肉随着松弛的皮肤一抖一抖，因用劲而咧开的嘴露出黑黄的牙齿。他们年轻的时候，该有多么俊美啊，那力与美的韵律，对如今的女孩，还有多少吸引力？

少顷，金色的泉水一般——一小股琥珀色的、喷香的、纯天然的山茶油从枕木之间漏出来，流到了木桶里。欢呼过后，所有参观的人都走了。当我从阳光下再一次走进昏暗的榨油坊时，榨油坊与阳光灿烂的外面仿佛两个世界。两位老人仍在默默地干活，他们或许累了，不想说话，或许一直在发愁：谁来继承他们的手艺？谁还愿意将宝贵的一生献给并不值多少钱的一滴油？春木在替他们问，咿咿呀呀的水车在替他们问，吱吱呀呀的榨油机在替他们问。没有人回答。

我慌忙地退出去，一滴液体沾上了我的鞋面，不知道是油，还是汗。

时间来到午后两点的三衢山脚下，我忽然惊觉，在常山，时间最爱它——石头。

我盯上了一块石头，它有半人高，光润如玉的表皮，却有如同钧瓷般绚丽的颜色和花纹，渗透进石头深处，太美了！我想将脸贴上它，却明显感觉到它的拒绝，它如史诗般静默，无所谓我是否读得懂它。夜深人静时，这块神秘的石头，是否也会发出钧瓷裂变时那轻盈美妙的叮咚声？一响九百年。

　　在常山，静立着无数巨石、奇石、巧石，如同捂了一个冬天的白嫩的皮肤，或黝黑粗糙的皮肤，被人们运过来，运过去，摆在展览馆里，花园里，书房里，几案上，其美丽与昂贵令人咋舌。然而，无论人们如何夸它们，骂它们，劈它们，钻它们，它们一句话都不说。

　　这些石头，在时间里待了多少年？百万年？亿万年？时间从它们还是一粒沙时开始陪伴，直到它们变成一块块奇异的石头。有多么慢？有多么难？从此时开始，时间又将继续陪伴它们多少年？多少年后，时间一定还会再陪它们变成沙、粉、尘。荣辱算什么，谬夸算什么，眼前这些人，又算什么。多少年后，不管变成什么，它们依然美，因为，它们与天地的主宰——时间默契着，被它们挚爱着。虽然，它们之间谁也没有说过什么，没有说过爱，没有过约定，却不急不缓，不离不弃，在历史的长河里相依为命。

这一刻，我忽然也想变成一块石头，与时间化敌为友。不爬山，不赶路，不奔跑，不着急，不想公事也不想私事，只懒懒地坐在常山的山脚下，静静地晒一天太阳，做"一个滴水观音般安静的女子"。是啊，大地无言，万物静美，山用泉水、溪流、鸟鸣说话，云用雨说话，石头用花纹说话，山茶和胡柚用芳香说话，我们为什么一定要用嘴巴说话？语言多了，是泡沫、絮叨、解释，甚至是流言、谎言、污蔑……而有缘人，一个动作一个眼神就够了。深爱，要放在心里，无言，更接近本真。

此刻，我像石头般静默，眯缝着眼，看午后的阳光在一张纸上慢慢移动，时间的手正静静地抚过纸上的几个字：桑田沧海，从容自在。

常山杂记

海　飞

十余年前我从三清山回诸暨，蜻蜓点水一般经过常山。那时候是明晃晃的春天，我们在黄昏歇脚打尖，在第二天清晨又迅速离开，仿佛没有来过常山。只记得那时候，我记忆里有"胡柚"两字，像一棵树生长时，根须在大地里疯狂延伸，深深地植入我的内心。现在，我只记得一个模糊的印记，路边一幅广告牌上画着一种水果。那是一种水分很足的果实，产于常山，名叫胡柚。

那几乎是一场遥远的梦境。

十余年后我在常山长久地停留，和我参加采风活动的朋友们出没在常山各处，闻到了常山最深处的气息。那是泥土、胡柚、山茶、石材……如此种种的常山气息。这种气息新鲜而陌生，唤醒我已淡去的多年以前的梦境。

在一个地方，停留三四日，于我而言已经属于长久。常山的阳光暖和，拉开房间厚重的窗帘，阳光扑进来把你抱住。那么温软，像一只手抚摸了你一下以后，开始抽你的骨头。它把你的骨头抽去了，你就倒在沙发上的一堆阳光里，慵懒成泥。

慵懒成泥的时候，我听见春秋时期传来的破空之声。我相信，那时候世事安好，那时候常山隶属越国，而越国国都恰在我的老家诸暨。我像一朵初冬的棉花，被晒软、蓬松，眼前再次浮现久远的回忆。那是十多年前常山大街上的一幅广告牌，上面画着常山胡柚。

我们去了常山的山茶基地，那是一片亲切的泥土地。没有太高的山，但是能闻到植物和泥土，以及一些腐败的草叶的气息。我站在山坡上，想起我曾是一个上山砍柴的少年。连山风都如此熟悉，或者说我和此山此树此山茶此空气，是投缘的。阳光明亮而朴素，依然温软地扑打着我，同时刺激着眼睛。拍照的时候，我本来就两条缝似的眼睛，连缝也见不着了。

在我的童年辰光，我认为那时候我顶多在上小学，我和伙伴们去山上林子里采山茶籽。我记得在20世纪80年代初，我用山茶籽去镇上的收购店换了两块多钱。那是我用汗水换来的钱，我把那钱紧紧地捏在手心，那钱瞬间就被汗水打湿。夏天如此热烈，在知了猖狂的叫声中我回到家中。猫狗被暑气逼软，像被扔在墙角的破围巾一样。那时候尚显年轻的父亲替我保管了山茶籽的钱。他斩钉截铁地说，交学费！

此刻想来，那遥远的往事如此深埋在我的记忆里，令我感到愉悦。而现在我在常山看到的是大片的山茶树，我们几乎是循着油香抵达葛畈村，那儿有一座陈旧的传统木榨油技艺展示馆。工人正在劳作——碾末、炒末粉、包饼、榨油，一道道工序，让我在油香中想到了旧时景象。突然觉得，如果没有现代工业文明，这样的老作坊将比比皆是。如果再想远一点，老街，老村，老屋，老旧而绿意呼啸的风景，老式火车……我真愿意回到从前。

我见到许多同行者，依次上前，用力推动那巨大的方木。这让我想到了当年冷兵器时代攻城所用的巨大的树木。士兵们烟熏火燎，睁着血红的眼睛抬着巨木撞向城门。城门洞开，一场杀戮就此开始。而此刻像勇士一样的同行者们一个个撞着木头，茶油应声而下，滴落在一只接桶里。我知道那是植物的精华，我知道那是植物来到这世界上走一遭遇见的平常事，我知道植物也有它的人生。

这座展示馆，给我们展示的是风生水起的劳作和生活。我渐渐远离喧嚣的人群，站到了展示馆对面的一条河边。在河边，我依然能听到朋友们阵阵的笑声从展示馆里飘出来。我在想，如果这不是展示馆该有多好。如果它就是一个真正意义上的榨油坊该有多好。

榨油坊里的水碓，在吱扭作响地运转。在水的作用下，所有的木制机器开始运作，那石磨在磨去稻谷的外壳，像磨去一段远去的时光。在稻谷拆骨般的疼痛中，我想见远去的农业文明，像想念一位远去的穿大褂的故人。

六十一年前的蜜蜂，发出六十一年前的嗡鸣，在新峰村没有雾霾的空气里盘旋。王乡长告诉我这个村的村史，1961年，新安江水电站大水库已经形成，那些生机盎然的水花，在没有雾霾的空气里荡漾着。而不同姓氏的人们，要开始一场浩荡的迁徙，水将淹没他们的村庄、老屋，以及生活。他们结伴来到了朱家埂畜牧场，全村人都挤在三座低矮的火车式的泥墙瓦房里。这是一个新的村落，我能想见那时候的艰难。

1961年的黄尘，在山道上飞扬。那个时候，我还没有来到人世，但是，我热爱那个年代朴素的阳光。如果回到唐、宋、元、明、清，那时候的迁徙又该是如何的一个场景？我们总是不愿意有动荡的生活，我们更愿意慵懒地在窗下窃取一些阳光。但一场又一场的迁徙，却有着迁徙过程中别样的生活，艰难、贫穷、朴素，却又扎实、真切。所有的年份和故事各不相同，所有的爱恨情仇大同小异。

　　在阳光下，我听到有人在唱《南泥湾》。我们的大车徐徐停下，从车窗里往外看，一群穿着火红衣裳的乡村女子，在跳一种舞蹈。这儿是一座村庄的文化礼堂，而我听到了非常喜爱的《南泥湾》，我觉得这样的歌声，和我的性格和心境比较契合。照例是丰盛的阳光，阳光下有人在沏茶，有人在煎饼，他们用自己的方式招待我们这些远客。我突然之间觉得与这座充满文化的乡村如此之近，近到豆腐煎饼或鸡蛋煎饼的清香，如此肆无忌惮地侵袭我的味觉和视觉系统，然后把我拉为自己人，感知身在此乡中，风光如此好。

　　那天，我再次离开了人群，穿行在一条弄堂里。但是不管穿行到何处，《南泥湾》的歌声始终在响着。歌声告诉我，许多人在开荒，三五九旅是模范，然后呢，咱们走向前，鲜花送模范……弄堂的一头连着一个乡村文化舞台，另一头连着田野。我看到了各种恣意绿着的蔬菜，在田野里欣欣向荣。有农人出没，有一个白发闪闪的老奶奶推开篱笆的门，"吱呀"一声，我觉得村庄就活了起来。

《南泥湾》的音乐声，还在响着。但我知道南泥湾不是此处的，南泥湾在遥远的陕北。花篮里的花儿，各有各的香法。但这儿的村庄，和我如此之近，近得让我想见渐渐远了的生养我的村庄丹桂房。

我们在常山居留，连头连尾四天。如果真的是慵懒成泥，那也是一块幸福的泥巴。

我们还兴高采烈地在王乡长的带领下，砍了甘蔗。一位吉林来的老师从来没有见识过甘蔗，他发现甘蔗原来是如此生长的。风吹来，蔗叶哗哗然，像一条北方大河的水声。

在常山的日子散淡如烟，转瞬即逝。某个秋阳下的中午，我们终于开车出发，回到各自所居住的城市。上车的时候，我突然记起在甘蔗林里砍甘蔗的情形，每个人的脸上洋溢着新奇与兴奋。而我是蔗农的儿子，见惯了这种甜蜜的植物。如果把目光抛远，我看到了甘蔗林以外不远处的路上，一个和尚背着布袋，穿着皂袜，疾行而过。山风阵阵，冬天的气息扑面而来。

不由想起弘一法师。曾经在一个深夜，我看到了他写的"悲欣交集"四个字。我久久地盯着那四个字，突然想哭，这不是矫情，男人也不该矫情。那四个字的形状，让我想到了长而短的人生。安静的时刻，我们都会想一想生老病死，我们无处不在的功利心和欲望，以及在这个世界挣扎的种种……我们都是凡人，我们都会垂垂老矣，到那时候我们还会剩下什么？一头白发，一把骨头，几处没有完成的念想。

此刻我明白，弘一法师为何要云游，他想要在云游里淡泊与安静。而这位行过常山的赶路的和尚，在暖阳与尘土里，是想要走向春天，还是要走完他的一生？

我想，其实我们每一个在红尘里打滚的人，总有一天也会悲欣交集。

我又想，我们的远方，就是他们的近处。多么辽阔的人生……

老家的醅糕

余　风

在我的老家，传统食品很多，但我只对醅糕情有独钟。这种感觉，在远离老家的西藏工作期间愈发强烈。特别是在夕阳西下的时候，坐在公寓的窗前，看着圆圆的太阳像油煎过一样黄澄澄，冒着热气，就会忍不住想起老家的醅糕来。

我刚到西藏时，要适应高原气候，精神都集中在应对缺氧、头晕等方面，纵使面对山珍海味也不会产生半点食欲。但等时间长了，逐渐适应高原气候，味蕾也如长期蛰伏的虫子醒来睁开了贪婪的眼睛一般，我充满了饥饿感，而第一时间能够想到的就是那种用油煎得松黄绵软的醅糕，有时竟然会想得入神。梁实秋在《雅舍谈吃》一书中曾写道："自从离开北平，想念豆汁儿不能自已。"乍一看到认为老先生有点为赋新词强作愁，未免过于矫情。但当我在西藏对醅糕的想念如草原上的野草肆意生长时，才真正地理解梁老先生这种"老吃货"的心情。

我的老家在浙江西部，一个名叫常山的地方。沾了《三国演义》的光，多年来"常山"经常被有意无意地与三国名将"赵子龙"拴在一起。后来经考证，这个县名的由来还真的与古代北方常山郡人"衣冠南渡"后在常山境内定居有关。老家气候宜人，适宜各种作物生长，是江南重要的水稻产区，因此稻米是老家最常见、最普通的主食。但老家的先贤们秉承食不厌精、脍不厌细的饮食之道，硬是化腐朽为神奇，用稻米做出各种花样的美食，其中最有代表性的就是醋糕。

常山醋糕是老家农村的传统节日食品，每逢端午、七月半、中秋等传统节日，村子里家家户户都要蒸醋糕。在我的记忆中，蒸醋糕几乎是个全家总动员的过程。在节日的前一天晚上，母亲就要把大米淘净，放在水中泡涨。次日凌晨，父亲挑着两个水桶，一头装着浸泡好的大米，一头装大半桶水，和母亲一起来到隔壁邻居家，用石磨将大米磨成米浆。那时的手工石磨是家族公用的，谁家里住宅宽敞，来往便利，就放在谁的家里。所以过节前的那几天，家里摆放着石磨的人家多少是有点牛气的，见面递个烟，打个招呼，赔个笑自不必说，若是此前跟他家有点矛盾，那就会很心虚胆怯了。本来大人们要面子，宁可不吃醅糕也不愿去看别人家脸色的，但一看孩子们想吃醅糕的那种期盼的眼神，做父母的就心软了。当然，如果真的挑米去磨浆了，那人家也不会真的不让磨，只不过几句风凉话是免不了的。父母最多也就硬着头皮讪笑着听，就当是为了孩子服个软吧，谁还没个求人的时候。

磨米浆是门技术活。石磨分上下两片，接合面凿成齿状纹理，以增加石磨的粉碎力，没有相当的力气是转不了磨的。但父亲显然是行家里手了，只见他手一搭上木把，一推一拉，石磨就听话地转了起来。母亲用勺子舀起兑好的米和水往石磨眼里添料，干这个活要眼疾手快，否则添料人的手就会被转动的磨把撞上。但父亲和母亲配合得很默契，很快就找到了节奏，越来越得心应手——他们能够一边不停地磨米浆，一边与在后面排队或是来看热闹的邻居们拉家常。在米浆的润滑下，石磨也越转越顺溜，父亲甚至可以用一只手来转磨把，用腾出的一只手去接邻居递过来的香烟，还不时吸上几口，甚是惬意。石磨越转越欢快，一缕缕比牛奶还要洁白的米浆，顺着石磨缝流到了下面的大木盆里。

　　磨好米浆后回到家基本已是晌午时分。把装米浆的水桶置放在厨房里后，母亲又在米浆中加入酒曲让它发酵。"醋糕"名称的由来，我怀疑应该跟"加入酒曲发酵"这种工艺有关。根据词典解释：酒醋，指蒸煮过后发酵好的粮食。"酒醋"工艺在我国食品历史中可谓源远流长。唐代大诗人白居易《赠皇甫庶子》一诗云："妻知年老添衣絮，婢报天寒拨酒醋。"刘禹锡《酬乐天晚夏闲居欲相访先以诗见贻》一诗也有云："酒醋晴易熟，药圃夏频薅。"自古以来常山人一直称其为"醋糕"，也有的地方因醋糕以蒸汽隔水蒸而称其为"汽糕"，还有的甚至因方言谐音而称之为"焙糕"，而焙的意思却是"用微火烘烤"，与醋糕工艺可谓大相径庭。无论从文化底蕴还是工艺特点来看，还是感觉叫醋糕更为贴切些。

　　米浆发酵的时间长短不一，温度高，则发酵快，温度低，发酵时间就长一些。还有酒曲品质好坏也很重要。我记得有一年中秋节做醋糕，由于买了质量差的酒曲，加上天气有点冷，直到半夜米浆都没有发酵，醋糕品质也受到影响，害得母亲一连几天都感到脸上无光。

这时我和姐姐、妹妹如果在家，就会领到一个"光荣的任务"，就是等米浆冒出一个个小气泡时，就要赶紧向母亲报告，这说明米浆已经开始发酵了。但那时小孩心性，一开始答应得好好的，向毛主席都保证过，但到后面一贪玩就忘记了。有一次看到发酵的米浆从木桶里喷涌出来，我们才大惊失色地跑去告诉母亲，结果一人头上挨了一记凿栗。看到母亲那心疼的脸色，可能是心疼米浆被浪费了，也可能是打在我们的头上疼在母亲心里吧，让我们懊悔愧疚了很久。

最让我们高兴的是，如果蒸醅糕赶上了晚餐时间，母亲就不另外做晚饭，直接蒸醅糕让全家当晚饭吃。我们就守在灶头边，看母亲将蒸笼隔水放在大锅中，用水勺舀起米浆倒入早就垫好纱布的蒸笼，用锅盖盖好，然后在灶中添入大柴，加大火势猛烧。等醅糕七八分熟时，再打开锅盖，在醅糕上面撒上肉丝、榨菜丝或虾米等配料。

我至今都忘不了母亲在醅糕上撒配料的情景。配料是母亲精心配置而成的，品种丰富，颜色多样，混杂地装在脸盆里。她随手抓起一把配料随意挥洒，犹如一位高明的画师，一气呵成不打草稿地在一张白纸上挥毫泼墨。混杂的配料在母亲的手里，听话地落在最合适的位置，整个画面看起来均匀协调、赏心悦目，绝不会是红色的辣椒聚在一起，或是好几条肉丝挤在一块，荤菜素菜巧搭配，甚至没有撒到配料的地方，像国画中特意留白的部分，看起来也很是合理。撒好配料后，锅盖就又被盖上了。不一会儿，带着醅糕香味的蒸汽就会从锅盖、蒸笼的缝隙里冒出来，钻进我们的鼻子里，弥漫在我们周围，渗透进我们身上的每一个毛孔。那种诱惑，馋得孩提时的我们每一个细胞都睁开了眼睛，就像是热锅上的蚂蚁一样心急火燎、燥热难耐。

终于等到醅糕蒸熟，母亲将蒸笼从锅里取出，等冷却一会后，母亲灵巧地将蒸笼翻转过来反扣在砧板上，然后像新郎揭盖头一样，小心翼翼地将纱布掀开。这样，洁白如玉的醅糕就圆月般呈现在我们面前。母亲将醅糕切成七八厘米见方的小块，然后在一旁看着我们像饿坏的小猪一样狼吞虎咽，说着："慢点吃，又没人跟你们抢，等下还有！"每到这个时候，我们才有可能放开肚皮饱吃刚出笼的醅糕，那种痛快感、满足感和幸福感，让我刻骨铭心，至今难以忘怀。

懂得吃醅糕的人都知道，醅糕在刚出笼的时候最美味，那种绵软、糯韧、白嫩、香醇，真是可遇不可求。如果冷却后再吃，直如女子的肌肤由细皮嫩肉一下子变得皮糙肉厚一般，口感反差极是强烈。

中国人节日里的吃，大多是靠女人动手来做。每逢过节，其实也是女人最累的时候。吃饱了醅糕，我们该写作业的写作业，该睡觉的睡觉，但母亲还不能歇息，因为桶里还有很多米浆没有蒸完。蒸醅糕是一个与时间赛跑的活，由于发酵，桶里的米浆会不断喷涌上来，甚至会溢到桶外，因此必须一口气把米浆蒸完。醅糕蒸熟后，还要将每一笼都切成四瓣，摊晾在竹匾上，置于阴凉处，以便延长存放时间。母亲把这些事忙完，都要到后半夜甚至凌晨了，经常累得直不起腰来。

也正是因为这样，尽管我们喜欢吃醅糕，有时却又希望节日不要来，实在是因为心疼母亲太累。

但母亲只要遇到节日，就会硬撑着做醅糕，就为了别让自家孩子馋别人家的醅糕。有几年过节，母亲由于生病住院，家里没有人会蒸醅糕，父亲和姐姐也尝试着去蒸，但怎么也做不好，不是米浆发酵过头溢得满地都是，就是蒸得半生不熟无法食用，姐姐急得边哭边说道："如果妈没生病多好，如果妈没生病多好！"想起生病的母亲，一家人都忍不住泪眼相看、悲从中来，更觉这个家离开母亲不行，甚至恨上了这个要吃醅糕的节日。

如果说刚出笼的醅糕是"清水出芙蓉，天然去雕饰"，那么油煎出来的醅糕可算是"淡妆浓抹"啦。冷却以后的醅糕，最宜用油煎后食用。老一辈人煎醅糕大多喜用菜籽油，这样煎出来的醅糕色泽金黄，香气浓郁，外焦里嫩，清脆爽口。我吃过多年醅糕后，渐渐地喜欢上用山茶油煎的醅糕。菜籽油煎醅糕有一个缺点，就是油味太浓太重，而且油不易被醅糕完全吸收，醅糕夹起后，里面常有油滴出来，很是俗气不雅。而山茶油煎的醅糕，色泽淡黄，香气清淡，口味清新，口感清爽，油吸收干净，风味更接近刚出笼的醅糕，颇有返璞归真的意趣。用菜籽油煎的醅糕，宜配啤酒，在街头小摊，大口猛吃，大快朵颐，满嘴流油，可称痛快；而用山茶油煎成的醅糕，宜配红酒，在中式雅座上，小口慢品，细嚼慢咽，齿颊留香，谓之闲适。

古诗曾云：天生丽质难自弃。醅糕如此美味，注定一朝会走出乡村，让更多的人品尝，领略它"齿间留香"的魅力。果然，随着经济的发展和社会的进步，米浆已经改用机器加工，县城里也出现了专门蒸制醅糕的店铺，只要花上十来块钱，就可以买一笼醅糕。遇到节日，还经常有车子拉着醙糕到村子里来叫卖，这成为工业化生产打败自给自足小农经济的时代见证。在县城的大街小巷，几乎每家小吃店都会供应醙糕。醙糕从此不再是传统节日时才能吃到的"奢侈品"，它走进了常山人的日常生活。而且随着生活条件的不断改善，我们山区小县的人们也搭上了全面小康的便车，日常生活中的食品也日益丰富，以往节日里才能吃到的"稀罕"食物，都早已"百姓宅里寻常见"。醙糕难免被湮没在"山花烂漫、百花丛中"，有时甚至几个月没有吃也不会想念。醙糕，这个伴随我从小到大，曾留下无数念想的食物，在时间的推移和时代的变换中，我居然渐渐地淡忘了。

很多年后我去援藏。远离了老家的县城，再也看不到街面上隔三岔五就能见到的醙糕店的招牌，再也闻不到街巷空气中弥漫的淡淡的醙糕气息。我们浙江对口支援的是西藏一座叫那曲的城市，它被公认为世界上海拔最高的地级市，是一座比海子当年诗中的德令哈还要"荒凉"的城。当地饮食以藏族传统美食为主，食材大多与牦牛有关，如牦牛肉干、酥油茶、牛肉包子、血肠、奶渣等，再配以糌粑、青稞面等杂粮。外地人来西藏，最难过的就是饮食关，特别是藏族传统美食中那种浓重的腥臊味，当地人越吃越香、甘之如饴，外地人却味同嚼蜡、难以下咽，很多人在西藏待了十几年都吃不来当地美食，这真正应了一句老话"一方水土养一方人"。但我却是例外，我很快就适应，而且吃得有滋有味，甚至隔段时间没吃就会产生念想，隐隐约约地感觉到那种腥膻的气息，闻起来似曾相识，似乎遥远而又亲近，就像一个熟悉而又想不起姓名的老朋友，也因此常常陷入回忆，乃至魂牵梦萦，不由自主地会又去吃一顿西藏美食，试图回忆起这位"老朋友"，并让它更为清晰，这让好多"老西藏"惊讶不已。

也不知道吃了几次西藏美食，我终于想起，那种似曾相识的气息来自哪里。起初是一点一滴想起，就像拉一根浸在水里的绳子，先抓住了绳头，然后一寸一寸死也不放地慢慢向外拽，慢慢地，越来越清晰，最后整根绳子终于被拉出了水面。在真正无比坚定地确认这种神秘气息的瞬间，我感觉到头脑中"嗡"的一声，多年来对醅糕的记忆一下子被全部唤醒。

与西藏美食中那股腥膻气息相似的，原来是久违的老家醅糕的味道。

原来这种气息，早已深入我的血液，渗透到我的骨子里，没有也绝不会因为我长期没吃醋糕而消失。这是老家留在我记忆深处的胎记，是母亲刻画在我灵魂上的烙印啊！谁能知道，正是因为小时候吃惯了醋糕，习惯了醋糕的气息，竟无意中让我天生似的适应了令无数人谈之色变的西藏美食，莫非冥冥中早已知道我多年后要去援藏？这岂非老家给予漂泊雪域的游子最好的庇护！

这时候我想起了关于醋糕的很多往事。想起在生产队里的时候，为了过节做醋糕，母亲拿着畚斗到邻居家里借米；想起父亲骑着旧自行车把母亲蒸好的醋糕送给县城里的亲戚还饱受白眼的委屈；想起小时候抱怨醋糕配料里的肉没有别人家的多时母亲生气而难过的泪水；想起母亲看着我大快朵颐狼吞虎咽时，眼中溢出来的满满的慈爱；想起每逢节日就吵着要母亲蒸醋糕吃时的任性，而母亲，离开人世一下子已这么多年。想着想着，不知不觉已泪流满面。

对醋糕的记忆一下子满血复活，对醋糕的想念更是不能自已。拉萨大昭寺旁边有家尼泊尔餐馆，会做一种馕饼，比新疆的馕要小一些，上面涂上咖喱调料，吃起来跟醋糕有点像。我每次去这家餐馆，都会点上一份馕饼，就为了找到那份对醋糕念想的寄托。有一次老家有朋友要到西藏来，问我需要捎带什么东西，我不假思索脱口而出：别的不用带，就带些醋糕来吧。

在西藏工作的几年里，每次从西藏返回老家，我都会雷打不动地到县城一条叫大埠头的小巷子里的醋糕店吃一次醋糕，就如同向老家报到，告知一声"我回来了"，否则就会成为一件未了的心事。

时代总是在发展的。对老家乡村来说，传统的农耕时代已经成为过去，拥"磨"自重的邻居自然也不再风光，家家户户排队磨米浆、熬夜蒸醋糕的景象也已成为历史，石磨、蒸笼等传统醋糕加工器具只在乡村博物馆里才能见到。但醋糕却在老家留了下来，装满了儿时的幼小记忆，装满了成长的悲欢离合，装满了老家的时过境迁。

援藏工作结束回到老家转眼已经几年过去。每逢闲暇，我仍会让爱人用山茶油煎上一盘醋糕，再斟上一杯老家的酒，慢慢品尝。在醋糕蒸腾的热气和浓郁的醋香中，恍惚又想起带有腥臊味的久违的西藏美食，仿佛又看到母亲半夜蒸醋糕的疲惫身影。

人在山中

周华诚

　　常山是座什么山？有人说是三衢山。三衢山是衢州的母亲山，恰巧在常山境内。又有人说是湖山。高山之上有个湖，湖里有大鱼，那座山叫作湖山，也叫常山，县遂以山名——总之，常山是座山是没有错了。在交通不那么发达的年代，人们坐船骑马，千里迢迢来到常山，一定觉得是个大山深处，遥远极了。从前谢灵运游山，"伐木取径……从者数百人"，以致被人疑为山贼。现在去常山，没有什么可以阻碍行程，高速公路和高铁四通八达，常山之为山，其实不那么明显，反倒少了许多趣味。

　　这是时代的变化——现在山多倒是好事，是独特的山水资源。山不在高，有仙则名。水不在深，有龙则灵。总之要有山有水才好。上海没有山，反倒要靠人工造出一座山来，花大力气，也花大价钱。造出来，也不过是一个小小的土坡，作不得山来看。所谓风景，中国画里，大抵是要有山有水的。万里平畴，一览无余，算不上风景。山高水长，山环水绕，山势起伏，溪流蜿蜒，这是常山的妙趣所在。常山有什么呢？从前不太好说，不太敢说；现在，大可以自豪地说，有山。人对山还是向往的。山中何事？松花酿酒，春水煎茶。所谓"文章本天成"，人在山里，才成其仙。仙气谁不喜欢呢。所以，常山是可以多去的佳处。

入常山，不仅有仙气飘飘，还可以茹素。茹素以澄其气。山里的食物，大多取自山野，山中一年到头都有洁净的食材可用。从前山家，恪守不时不食的规矩，看起来一成不变，实则乃是乡村山野生活的典范。山中万物，因循四时生长，人呢，到了什么时节吃什么菜，这是传统乡间生活的日常。菜园子里有什么，当下便吃什么，食材极新鲜，也极清香，沾着雨露与地气，滋味最是甘美。

春日里的野菜真多，譬如笋、荠菜、蕨菜、蘑菇、地衣、马兰头。"长江绕郭知鱼美，好竹连山觉笋香。"常山的山，各样的竹出各样的笋，从冬笋吃到春笋，吃到栽禾笋，再吃到夏至的鞭笋，从冬到夏都不会断档。还有漫山的水竹，长出的黄泥拱笋，清鲜无比，绝非凡间之物。小野笋哪里出的为好，自然是高山茶园黄泥里的为第一。山家对此最有发言权。小野笋以短肥为佳。城里人到山间，看到长得又瘦又高的小笋，大呼小叫，拔得不亦乐乎，而对脚边刚出泥不久的矮胖小笋无暇顾及，实乃一叶障目耳。小笋的做法，以刀背拍扁，切段，下汤为佳。春笋可蒸可炒，雪菜炒笋片更佳。春笋最简便的吃法，是用沸水焯一下，切成丝，加入食盐、香油、醋等佐料，凉拌即成，可下粥，可佐饭。清炒、油焖等方式也好。袁枚在《随园食单》中记载了笋的诸多食法，煨三笋、问政笋丝、笋脯、玉兰片等，皆可一试。笋多了，吃不完时，山家自有妙计，煮熟晒干，一年到头都可以享用。

至于荠菜、蕨菜、马兰头、野芝麻菜等，自与他处无异。又因山中实在常见，并不怎么招人待见。如不嫌麻烦，在雨后拾取地衣一兜，耐心地在水中漂洗干净，清炒或做汤，都是美味。常山县城中的餐馆，无论大小，多有此菜备用。《药性考》说地衣"清神解热，痰火能疗"。地衣也叫地耳，我乡人称之"地皮菇"，其一般做法，是用雪菜同炒。

山家菜园里，四时蔬果不断。春则菜心，夏则蚕豆、苦

瓜、丝瓜、黄瓜、冬瓜。夏时蔬果极多，门前种两株丝瓜，一夏都吃不完。秋，则红薯、板栗、葛根、桂花、芋艿。红薯煮粥甚好。我听说有人一年到头三餐食粥，真是懂得养生之道。冬则白菜、萝卜。

苦瓜素为我所喜。画坛巨擘石涛，自称"苦瓜和尚"，餐餐不离苦瓜，并把苦瓜供奉案头朝拜。其笔墨之中，弥散淡淡的苦瓜之味。我常山乡人，门前屋后多植苦瓜，常用干菜炒之，夏日傍晚就粥食之，有山野清气。冬瓜自不必说，亦是消暑佳品。《菜根谭》曰："进德修行，如草里冬瓜。"此话有深意，山上种冬瓜，便要时常去草丛之中寻觅，时有惊喜。

常山乡间，做南瓜干为一绝。南瓜切片，晒干，拌辣椒、生粉与豆豉一道上笼猛蒸，又晒干。此种小食，是常山民间的零食，又以极辣为正宗。乡人只说是"南瓜干"，颇有点轻描淡写的意思，实则制作的过程极费工夫，极费力气。

春去秋来，光阴总是飞速去也，山家就是在这样一日一日的劳作与饮食里，感知时光变幻的。到了秋高气爽之时，整个常山胡柚飘香，家家采摘金果。胡柚是个好果子，果皮有诸多药用价值。乡人捡皮厚的一部分用清水洗净，切碎，拌入南瓜干中，一道蒸出来，使得南瓜干之中又有了别样的风味。我总感觉，若是要拍一部常山版的《小森林》，秋天最好的镜头，便是跟随主人公做一回南瓜干。晨昏之间，日升日落，伴随着整个制作过程，大概半个月过去，这便能把山里人家的缓慢与宁静、美味与珍重，一点一点地缓缓叙述出来。这是常山的味道。这也是常山的乡野生活的味道，虽然已是渐行渐远了的。到了冬天，山中落雪，雪将山路渐渐掩藏，天地一白，此时人们藏在山中小屋，守着一炉炭火，慢慢地烤一个番薯来吃，以待春天。

这情景，让我想起水上勉的一本书《今天吃什么呢？去地里看看》。书里写到春天吃笋的情景，也写到冬天煮一锅"无名汤"来招待客人，"无名汤"是把不管什么东西都放进去煮。水上勉有一回到杭州来，卓先生带着他去白马庙巷看一件古老的什么文物，要穿过人家的屋子。屋子主人不让过，只让他们趴着窗子看了好一会儿。这个情景，上次听说后很是亲切。我还以为水上勉是很早以前的人物。这一本书，也是缓慢的山家的节奏，一直从1月写到12月，写的都是吃——他从九岁开始，就在寺院里生活，这样的光阴，算是真正的山家了。

陪花再醉一会儿

还有一本书，《山之四季》，目录很值得记录下来，如：山之雪、山之人、山之春、山之秋、过年、开垦、早春的山花、季节的严酷、不知寂寞的孤独、夏日食事、十二月十五日、积雪难融等。薄薄的一本书，我也很是喜欢。如有人到常山，找一座山住下，住他一年两年，也是可以写这样一本薄薄的书的。山中民宿多，友人黑孩的民宿，建平兄的民宿，都可以看花喝酒，写诗抄经。便是只记录山里人家的饮食，从1月到12月，怎样的松花酿酒、春水煎茶，怎样的掘笋与吃野菜，怎样的摘丝瓜和晒南瓜干、番薯干，又怎样事无巨细地筹备农历新年，也都有无穷的意蕴藏在后面。至于吃什么，怎么做来吃，只需带一本宋人林洪的《山家清供》就足矣——倒并非一定要亦步亦趋跟着操作，只要跟随时节，入得山去，便不会空手而归，怎么样都是可以吃出趣味来的。

常山这座山，对其趣味性的发掘，现今看是还不够的，大约也是因为，应着时代生活节奏的加快，能守住缓慢生活的人不多了。写到这里，想起白居易在杭州当刺史时，约请韬光禅师入城吃饭，写了一首诗《招韬光禅师》：

白屋炊香饭，荤膻不入家。

滤泉澄葛粉，洗手摘藤花。

青芥除黄叶，红姜带紫芽。

命师相伴食，斋罢一瓯茶。

韬光禅师自然是没有去赴宴。白刺史的诗是好诗；藤花、葛粉、红姜、青芥想来自然也是新鲜无比的；只是要去城中赴宴，真是了无意趣。这样的吃饭，自要在山中才算好——若是依着一座常山，就更好。

乡愁的滋味

周华诚

　　老家的胡柚，在外面有点名气。人家问老家哪的，我说常山，人家就"哦"一声——"常山胡柚"。这样说来，似乎老家最著名的就是这个胡柚了。可是很多人初遇这个水果，一口下去，呀，好酸。再一口，呀，好苦——大概率是，他不太懂胡柚。立冬之后，乡人们摘胡柚，但这时候并不是胡柚的最佳赏味期。你得耐住性子，摘了之后，悄悄放着，慢慢等着。时间一天一天过去，时间的魔法在果实内部施展，等到天愈加冷了，果实的成分慢慢转化，酸的浓度渐渐变低了，甜的浓度渐渐变高了，这果实的滋味，才变得日益鲜美。元旦前后就很好。要还能再忍一忍，到了春节，那就更好了，吃起来有了蜂蜜一样的甜美。

　　胡柚的味道，跟别的柚子不太一样。别的柚子甜就是一种甜，胡柚的甜里倒有些许的苦意。这苦意有的人不习惯。其实，恰恰是有了这些许的苦意，它的滋味，才特别饱满丰富。有一些人，因为这些许的苦意，就拒绝了胡柚，未能深入接触，不免遗憾。譬如说吧，以前很多人接受不了螺蛳粉，觉得螺蛳粉臭哇，比臭豆腐、臭鳜鱼都臭，可是现在，螺蛳粉红遍大江南北了，臭得让人欲罢不能。很多东西，接受起来要有个过程。

说到米粉，有一回我到浙江文艺出版社，找副总编辑邱建国聊事，邱先生送我一本书，《一碗米粉的乡愁》。邱先生是江西南城人，南城的米粉很有名。不知道哪天他灵光一闪，在自己的微信公众号里发起"一碗米粉的乡愁"全球征文，收到来自世界各地老乡们的热烈反馈，长长短短，都在讲述自己与米粉的故事。有人评议此事曰："临川才子邱建国，振臂高呼，应者云集，挥挥衫袖，风动四方。"积累多了，出了一本书。这件事想想，就非常有意思。书中每个人的故事，表面上是一碗一碗的米粉，其实往大了说，是一场文化乡愁的全民口述行动。一本书，还把散落在地球各个角落的南城人联结起来了，以米粉的方式——只要是南城人，谁的记忆里没有一碗米粉的身影呢。

我的祖上，四代之前，据说可能是从江西南丰迁居入浙，定居于常山，所以我的家乡话还是江西南丰话。不知道跟迁居有没有关系，反正在我们常山，米粉，我们南丰话叫作"干粉"——也是十分受人欢迎的美味。我每次从杭州回到常山，都喜欢吃一碗热辣辣的炒干粉。且一边大吃，一边流汗。我现在不太能吃辣，每吃必流汗，但是常山人多是嗜辣的，恐怕这个味觉谱系，也跟江西有很深的关系。常山的炒粉干，从某种角度上来说，比常山的胡柚更具烟火气，也是乡愁的载体。只要去县城的夜宵大排档里转一转，你就会发现，任何一家都会有炒粉干，任何一家炒出来的味道都有微妙的差异。

　　常山的粉干，外形上接近广西、江西这一路的米线风格，是粗线条的，不像温州的粉干，说是"粉干"，其实是粉丝，细如发丝。这两种粉干，并不是同一种东西。

　　人谓饮食，常讲一个正不正宗。是不是家乡味，一口就能吃出来。若是身在遥远他乡，吃到一口家乡味道，难免让人感慨万千。我在杭州，颇关注了几家老家菜馆，比如开在哪条街哪条巷里，时不时，也会去光顾，同时，也知道哪几家的炒粉干，最有家乡味。

乡愁的滋味

而前些日，忽想起胡柚已经采摘，遂找家乡的朋友寄一点儿来。朋友说，这时候的胡柚尚未到滋味最好的时候，此时能惦记胡柚的，一定是老家人、老食客。胡柚是一种小众的水果，老家的领导一任接着一任推动着胡柚产业。其实种胡柚的果农，要看天吃饭，2020年冬天冻害，导致胡柚产量大大减少，价格却提了上去，涨到均价四五元一公斤。其实要我说，作为一种好水果，胡柚的价格不算高，涨一点儿也无妨，我也希望老家种胡柚的农人可以增加一点收入，实现共同富裕。

　　老食客要求高，同在一县之内的胡柚，东边西边的味道不一样。哪里气候好，水分足，哪里的土壤独特，老食客心里有谱。是直生的树，还是嫁接的果，啥时候该吃大果，啥时候该吃小果，老食客也心知肚明。对于老食客来说，胡柚的苦意，也是好东西，有着利咽、利呼吸道的实际功用，胡柚味道清苦，常吃可预防感冒。我是连着白色橘络一起大嚼的。

　　周末，一边吃胡柚，一边翻读邱先生的米粉之书，勾起的是同样的乡愁之思。这本书的书名题字是饶平如先生，即《平如美棠》的作者。饶先生也是江西南城人，书里打头的那篇米粉文章，就是他写的。可惜，饶先生已于2020年故去了。

山里的招贤酒

何婉玲

1

外婆家在招贤的一个村庄里，村庄在山腰上。小时候我爸带我去外婆家拜年，车子到招贤后还得走近三千米的山路。三四岁的时候，我和我妹都不肯走，我爸先将我妹抱一段路后，再折回来抱我，如此反反复复，大约要花费大半天工夫才到外婆家。

长大一些后，我们肯自己走了。我们穿着新年刚买的白色旅游鞋。冬季的官塘水库已干涸，露出龟裂的土地。我爸说从水库里走可以抄近路，于是我和我妹一人拿一枝芦草，慢慢悠悠地行走在水库的腹地。只是一条路，越走越重，脚如沉铅般迈不动，一瞧鞋底竟粘了厚厚一层黄泥，一双崭新的鞋从白色成了泥姜黄色。我心疼鞋子，边哭边走到了外婆家。冬日天凉，寒风劈面走来，一张小脸被刮得如开裂的土地。

每一次新年的徒步都似一次艰辛的远行，好在外婆家有吃不完的食物。正月里，家家户户的八仙桌上叠满了盘盘盏盏，外婆大舅小舅大姨小姨，我们一家家吃过来。一到晚上，大人们在桌上猜拳喝酒。喝的酒，有的是自家酿的，有的是从招贤镇上的代销店里买的。村里人是看不上什么茅台酒、五粮液的，他们认为城里人喝的是虚荣和面子。他们最爱的还是自己酿的酒，装在一个个绿色的饮料瓶子里，每顿晚餐都会拿出来倒一些。喝自家酿的酒，自带一种优越感，好似文人的清高。

没有酒的晚餐是不完整的晚餐。亲戚朋友来了，村里人会热情劝酒，斟上满满一杯。如果一饮而尽，则代表了对他们热情的最高认可。

招贤人是爱喝酒的。后来我读到杨万里的《过招贤渡》一诗才知道，杨万里是来过招贤的，且不止一次。他在招贤留下不少诗篇，他说："一生憎杀招贤柳，一生爱杀招贤酒。柳曾为我碍归舟，酒曾为我消诗愁。"

我突然想到，外婆家所在的山中小村，新年里，村里人从招贤镇上买来的酒，或者自酿的酒，也许就是当年杨万里喝过的招贤酒吧！

夜晚的餐桌上，他们始终在谈论着桌上的食物，每样食物他们都能讲出来历。譬如猪肚是大姨家养了一年的草猪的，草猪就是吃草的猪，吃紫云英，吃番薯叶，吃剩下的饭和菜；譬如大头鲢，是官塘水库里钓上来的，那长度，足足一米有余；譬如油豆腐，是腊月二十八那日油锅里炸出来的；再譬如芹菜和萝卜，自然是门口的菜地里刚拔的。他们只吃当地的食物，只使用自己熟悉的食材。这是他们对食物最大的尊重。

八仙桌上，划拳声一浪高过一浪，六六顺啊，七个巧啊，八仙寿啊，九连环啊。狗在桌子底下寻食，毛茸茸的尾巴时不时蹭到我的腿；女人们另起一桌，开始围着打牌；小孩们从长板凳上退下来，拿着手电筒在没有路灯的村里一家一户串门，麻溜地爬上高凳，从桌上的零食盘里抓一把猫耳朵、兰花根、西瓜子，再拿几块米爆糖，偷偷地瞄一眼桌上的大人——一张张脸从黝黑喝成了关公红，脖颈上暴着青筋，依旧不服输地挥划着手臂。

这样的晚餐总是要到星星上了，月亮下了才散场。这大约是村子里一年中最热闹的时刻。我将手电筒射向远处的山，黛青色的山谷，既旷又幽。这样的夜色无比温柔，满地都是淡月清光。

远处黑漆漆的山坳里突然炸出几朵大的礼花来，在空中星星点点落下，好像使劲扯下了一整条银河。新年的味道在这片振聋发聩、此起彼伏的声响中浓郁起来。

又是一年。对于山里人来说，年，就是把过去一年不好的记忆和伤痛都丢掉，所有实现不了的梦想，想不透的事情，都化为餐桌上堆叠得不留缝隙的一顿晚餐。吃饱，穿暖，喝好，一切过往，都化为最朴素的人间愿望：风调雨顺、喜乐平安，过好来年每一天。

2

"你知道杨万里在招贤喝的招贤酒吗？"有一天我问我妈。

杨万里她不知道，但招贤酒她知道。"我的外公就会酿，外公教给了我妈妈，妈妈又教给了我。"她说。

妈妈要为我做一罐招贤酒。她用水将糯米洗净，蒸熟，加酒曲，装在一个有藏青色边圈的搪瓷罐里，并在糯米中间戳了一个孔形小槽。为了拥有酒曲发酵合适的温度，她把这一罐酒藏进被窝里。

微甜，微醺，糯米绵软。妈妈酿的招贤酒实则是一碗甜的米酒呀！

想起白居易的"绿蚁新醅酒，红泥小火炉"。白居易喝的绿蚁酒，便是米渣子未过滤干净，浮起小小的如绿蚂蚁般泡沫的米酒。自古诗人多爱酒，李白喝酒，"五花马，千金裘，呼儿将出换美酒"；杜甫喝酒，"酒债寻常行处有，人生七十古来稀"；白居易喝酒，"百事尽除去，尚余酒与诗。兴来吟一篇，吟罢酒一卮"。

别被他们的酒量吓着了，李白、杜甫、白居易喝的其实都是米酒。

唐宋酿酒技术还不成熟，发酵仅停留在糖化阶段，并没有更多地向酒精转化。如此说来，杨万里喝的招贤酒，也许正是妈妈酿的这种甜酒呢！

这样的甜酒，我也可以毫不客气地来一句："白日放歌须纵酒，青春作伴好还乡！"

我曾在南京喝过一碗口感清甜的桂花甜酒。穿蓝印花布的厨娘一桌一桌叫卖，手托托盘，盘上放五六碗青花瓷碗盛着的酒酿，脖上挂着支付宝付款码的牌子，六元一碗。桂花酒酿甜津津，有桂花味儿，米粒莹白如瓷，坚实地抱在一块儿。这是我见过的最洁白的一碗酒酿，酒色如奶奶用铝锅煮粥熬出的淡淡米汤。

南京桂花酒酿味道甘美，但和妈妈酿的甜酒相比，总觉得缺少点什么。也许是等待过程中总是掀起被角的急不可耐，也许是浅尝第一口还未成功时的酸涩口感，也许是少了某种情感。

是少了妈妈的味道啊。

兰州人把甜酒称为醪糟。七八月的兰州，晚间八点日落，夜间十一二点的正宁路小吃街人声鼎沸，老马家牛奶鸡蛋醪糟摊子前排着长长的队伍。一条街上数不清的老马家，都是白胡子大爷搅着汤勺子在熬汤。

醪糟冲入牛奶，慢慢熬煮，蛋花丝滑，上面还铺撒了一层白芝麻，最后加入坚果、葡萄干。一碗醪糟，热气腾腾，奶味淡淡的，甜味淡淡的，酒味也是淡淡的，好似兰州夏日十八摄氏度的微凉天气。我也弄不清哪家"老马醪糟"最正宗，谁家老板胡子最长，谁家队伍最长，选了，总没错。

心情沮丧时，日子清贫时，我总好这口微醉的甜。微醺的感觉最好，连看窗外的月亮都是醉的，醒时有风韵，睡时亦妖娆。

酒是时间的产物。

绍兴女儿红，一埋十八年；想要得到味道醇香的白酒，少则也需存藏一年；即便是青梅浸酒，也要三个月方有味。

时间太长啦！我等不及。还是甜酒好，今天酿了，一两日便能喝，发酵越久，酒味越浓。贪甜的，直接将其塞进冰箱冷藏，便能停止发酵，成为一罐糖多酒少的甜酒酿。

不管是把酒话桑麻，还是对影成三人，糯米我已浸下。

将来我也要为女儿做这样的招贤酒，在酒里浸入妈妈的味道。

卷二

〇

辣是一种瘾

〇

辣是一种瘾

何婉玲

常山是一座山城。走到街头，四面一望，总能看到蜿蜒起伏的山峦，咫尺般逼近过来。山城里的人，爱吃辣。小时候，外婆每天下午给我烧索面。常山索面又细又长，外婆在索面里放猪油、鸡蛋和辣椒。外婆还会做南瓜干、常山醋糕。她总能将本该是甜的食物，做成冲天辣。

在乡下，南瓜干又叫"豆豉"。外婆将南瓜切薄片，和辣椒、生粉一同蒸熟并晒干。晒干的"豆豉"又老又硬。我在外婆的"豆豉"南瓜干中并没有吃到豆豉，却吃到了一种热泪盈眶的辣。我把南瓜干带到衢州，和同学们分享。同学们吃得眼泪哗啦啦淌下来，泪流尽了，便尝到了南瓜干那具有拯救意味的甜。

我的吃辣能力就这样一日一日地培养起来了。

特别喜欢吃辣的城市。譬如长沙，凌晨一点的街头依然洋溢着火红的生机，老人不睡觉，年轻人不回家，热气腾腾的锅子，红彤彤的辣子，明艳艳的大衣，我们早已满脸倦容，他们却刚刚开始夜生活。长沙的辣，辣得理所当然，辣得理直气壮。在长沙，才没有人问你要辣还是不要辣，辣是唯一选项，汤底浇头都是辣的。对于一个食辣爱好者，长沙让我有了他乡如家乡之感。

譬如成都，最愉快的事莫过于一桌人围坐吃火锅。油汪汪、猩红色的锅底端上桌，那密不透风、夺人心魄的红辣子，让人忍不住撸起袖子大干一场。毛肚片、鸭肠、黄喉、牛肉、虾滑，在小龙翻大江般的辣油里一浸一转，简直就是活色生香。有的火锅店里搭着戏台，一上演川剧变脸，座位上的食客就"哗啦"一下都举起手机围到台子前。成都的辣味其实还算温和，成都是麻的多，但火一般浓烈的赤红色汤底翻滚，每每吃完，总会让人升起诸如"气吞山河""激情澎湃""爽极了"的感觉。

无论是长沙的干辣，还是成都的麻辣，都比不过记忆中常山的鲜辣。

有一次，和杭州来的朋友在常山一家小菜馆吃饭。我跑

进厨房，特意和厨师叮嘱，今晚的菜只做微辣。

没吃几口，杭州的朋友一边"咝哈咝哈"张口喘着辣气，一边直呼上当："常山的微辣与杭州的微辣根本不在同一水平线上！常山的微辣，是杭州菜单上五根辣椒的猛辣，或许还可以再加一根辣椒。"

朋友又问："为何不干脆让厨师不放辣椒？"

跑堂的服务员双手一摊："不放辣椒，厨师就不知道菜该怎么烧了。"

不辣，就不是常山菜。

众多常山菜中，唯一辣得让我难忘的，不是红椒笋，不是辣子烧鱼头，而是一道醉虾。

醉虾一般用河中的青壳虾。新鲜的河虾，肉质透明，饱满有弹性。绍兴的醉虾多用花雕酒，常山的醉虾用高度白酒。"浸了白酒的醉虾还得用凉水过一遍，否则太冲了，一般人受不了。"做醉虾的潘师傅告诉我，"一碗好的醉虾，除了虾要新鲜，酱料是灵魂。"

酱油、米醋、糖、葱、姜、蒜，光是辣椒就有三种，统统切成细碎小丁，倒入装有醉虾的玻璃器皿中，铺上香菜，盖上盖子，等十分钟后揭开。

不胜酒力的醉虾，肌如凝脂，通体剔透，不仅味觉上，嗅觉上也是鲜香入鼻。虾肉入口，酒香浓酽，清甜糯弹，实乃人间至味。

汪曾祺在《切脍》里讲：

> 解放前杭州楼外楼呛虾，是酒醉而不待其死，活虾盛于大盘中，上覆大碗，上桌揭碗，虾蹦得满桌，客人捉而食之。用广东话说，这才真是"生猛"。

这场景相当好玩。

福州有一种"火焰醉虾"。醉虾上桌后，用火点燃，满盆红火。只是醉虾熟了一半，反倒失去了生醉的美味。

每次吃醉虾，我总会想起丰子恺的湖边小饮。丰子恺住杭州西湖之畔，见一中年男子，蹲在岸上，湖边垂钓。他钓的不是鱼，而是虾。钓了虾后走到岳坟旁边的一家酒店里，拣一座头坐下，叫一斤酒，却不叫菜。取出瓶子来，用钓丝缚住这三四只虾，拿到酒保烫酒的开水里一浸，不久取出，虾已经变成红色了。他向酒保要一小碟酱油，就用虾下酒。

我想把常山的醉虾带到西湖边，拣个银桂月白的夜晚，约上好友，带上一碟醋熘花生米，谈谈晓风残月，聊聊岁月如水，也是好的。

吃不到生牡蛎、三文鱼刺身和甜虾刺身时，醉虾不啻为最佳的"生鲜"美味，且价格更为亲民。一只一只小虾慢慢剥，蒜辣杂拌，真是好滋味。只是太辣了。常山的辣就是这样，干脆直爽，不扭捏，不造作，辣到你不行，却又让你无法停下来。

在常山人眼里，只要有辣椒和大蒜，就能摆平一切料理。黑鱼面店的秦阿姨会做蒜辣凤爪，一份凤爪里有半份辣椒和蒜。来吃黑鱼面的人，自己打开靠在门外的折叠桌，黑鱼面上桌前，先叫上一份凉拌凤爪，坐在路边，不急不缓地慢慢啃咬。

关于凤爪的料理，东南西北各有法门。广州豉汁蒸凤爪，外酥里嫩；长沙卤凤爪，糯香绵软；重庆泡椒凤爪，是我读书时常买的零食；杭州百香果柠檬凤爪，酸甜宜口；常山凉拌凤爪呢，皮质柔韧，蒜辣浓郁。

英国女作家扶霞·邓洛普在《鱼翅与花椒》中写第一次看中国人吃凤爪：

> 看老太太坐在公园长凳上，纸袋里头拿出鸡爪，吃得那么高兴。那个鸡爪像人手一样，细瘦的腕部，多骨的指节，鳞状的皮紧紧贴在上面，还有尖尖的指甲。老太太把鸡爪放在嘴里开始啃，她的牙齿像啮齿类动物一样，撕咬下鸡皮，她咬过关节处的软骨时，发出有点带水的嘎吱声。

在黑鱼面店门口吃凤爪的年轻姑娘，抿着嘴，一边听着对面的男孩讲话，一边专心地咀嚼着口中的凤爪，微卷的黑发垂在肩上，低头间，露出耳边一粒珍珠白的耳坠。

在这样的小城生活，不用赶时间，凤爪里能啃出慢生活的哲学。你看，天上的白云是一朵朵的，路边的树木是绿茵茵的，街上提着两个袋子的老人是慢慢走的。多么平凡的一天，因为吃了喜欢的食物，见了喜欢的朋友，简单的日子也变得从容有味。

晚上在阿姨家吃饭。家里正巧来了朋友，满满坐了一桌，桌上也有一道蒜辣凤爪。这些朋友我并未见过，他们知我从杭州来，便热情地向我介绍常山的小吃，山粉饺、醋糕、素鸡、索面、粉干、夹饼。"你知道常山宣传语'一切为了U'中的U指的是什么吗？"一个叔叔用筷子捡起一只凤爪："胡柚、山茶油、旅游，还有You！"说完，举杯。

不知道是酒的作用，还是辣的作用，一顿晚饭越吃越酣。席间的人，不停地说着话，白酒一杯一杯喝，嗓门渐渐变大。我觉得常山的蒜和辣里，藏了常山人的性格。在外人面前，他们通常低调而谦逊，但在熟人面前，很快会袒露出热烈而豪放的性格。常山人没有太多花花肠子，彼此间不拘小节，聚在一起喝过酒，又聚在一起吃过辣，那就是朋友了。

一份蒜辣凤爪，是寒日里的艳阳天，是平淡日子中的交响乐。辣味存留在口，好似球场上的一次次攻守，鱼跃扑球，外围传中，长传突破，额上涔涔冒汗，那样的酣畅淋漓，真切畅快。

小时候，外婆说，小孩子不能多吃凤爪，吃多了会撕书。

我才不信外婆的，继续吃，七八岁时牙上功力就已炉火纯青，一只凤爪啃得干干净净，不带一点多余皮肉。

一只凤爪吃到最后，食物已不仅仅是食物，而是过往记忆里的点点滴滴。

一日不食辣，好似没了精神，莫非辣椒也能促进多巴胺的分泌?

其实，在人类的味觉中，并没有辣。辣椒素刺激着舌头，我们感受的辣实为一种痛觉。日本稻垣荣洋在《撼动世界史的植物》中提到，大脑受到辣椒素引起的痛觉刺激，判断身体遭受痛苦，处于非正常状态，为了缓解痛处而分泌内啡肽。在内啡肽的作用下，我们会产生陶醉感，感到难以忘怀的快乐。就这样，人类成了辣椒的俘虏。

先生家饮食清淡，妈妈便为我专门剁了一罐辣椒。红辣椒剁成屑子，用蒜米、盐腌制，做成辣椒酱，放冰箱一年不坏。每次开启，都如鲜椒时模样。用筷子挑一些放小碟子里，夹起一粒花蛤，夹起一块鱼肉，夹起一片青菜，往小碟子里蘸一蘸，有了辣味，胃就妥帖了。

辣，真是一种瘾!

有次，鲁迅对胡适说:

辣椒是最妙的解困之物，夜深人静天寒人困之时，就摘下一只辣椒来，分成几截，放进嘴里咀嚼，直嚼得额头冒汗，眼里流泪，只见得周身发暖，睡意顿消，于是捧书再读。适之先生可以一试，我早在金陵江南水师学堂时，就用此方读书，得过一块金质奖章，我到鼓楼将它卖了，买了几本喜欢的书，还买了一串红辣椒，半夜三更困了，就从辣椒串上摘下一只。

鲁迅式的吃辣解困及吃辣读书之法，我没试过，但吃辣确实能使人快乐。

每回心情沮丧，尤其是提不起任何兴趣时，我便下楼买一些辣鸭掌、辣鸭脖，辣味在嘴巴里盘旋，心情就突然好了起来。

人生哪有这么多难过，且行且欢乐。

每次完成一项长期工作，我也会下楼买一些辣鸭掌、辣鸭脖，边走边啃，此时的辣，是犒赏，是庆贺，是锦上添花。

辣也是有后遗症的，大食辣味之后，我的下巴就会开始暴痘，特别是到了夏天，大概是太过辛辣，连腿上前一天被蠓虫咬过的红包都一个个奇痒起来！

顾不得了，如果说平凡生活唯食物可慰藉，那么食辣则是人生之大快乐。

潘师傅的大排档

何婉玲

最喜欢在夜晚的小城里闲逛。一到晚上，巷子里一家挨一家的大排档开门营业，排档门口的招牌亮起，闪着红色的灯。阿富大排档、国庆大排档、金源大排档、青石大排档、招贤大排档……一块块红的招牌，将夜晚的空气晕染成红色，这样的红，俗气得紧，好似在眼前蒙上了一条红纱巾。

我们选了其中一家"花溪大排档"。掀开垂挂在门口的透明塑料软门帘，掌勺的潘师傅站在灶膛边，铁勺擦拭着铁锅，红色的火焰将夜晚的不安分更推进一步。食客们自己从厨房提了热水瓶，泡上一杯绿茶，慢悠悠地闲聊着。

夜晚如油锅里刺刺响的热油，渐渐沸腾。

找点了醉虾、鱼子鱼泡和红烧小溪鱼。问潘师傅，强烈推荐什么菜？他说，你点的很好，都是店里的招牌菜。

为什么叫花溪大排档？别人家金源、青石、招贤，都是本地地名，花溪是贵州的吧？我站在开放式的厨房里，问他。

他说，原来做的是贵州花溪牛肉粉，后来发现在常山做大排档更有市场，于是改烧常山菜，店铺名字沿用了原来的"花溪"二字。

短短一条巷子，藏了几十家大排档。怎样吸引更多的顾客？潘师傅认为，菜要烧得好吃，第一是食材。食材要好，要新鲜。第二是口味。现在越来越多的人喜欢鲜辣，口味对路了，自然会有回头客。

每家大排档都有自己的烧法。不同招数，不同调料，料理出不同口味。每一家店都似一个门派。门派不同，功夫有深浅。那飘散出来的烟火之气，蕴含着无数招数。招数无形，勺子上下，看似举重若轻，都藏着多年功力。烧菜如同练功，酱油倒多少，盐撒多少，辣椒放多少，他们光凭视觉与手感，就能精确到毫克。

潘师傅望着锅中炖煮的小溪鱼，拿出右手边食盒里的紫苏叶子，用手揉一揉，而后撕开。在常山，紫苏好似大厨们的独门秘方。只要是水里的美味，都可以用紫苏叶来提炼来铺垫。手工揉一揉，可以让紫苏的味道更加芬芳浓郁。

潘师傅十八岁开始烧菜，去过很多地方。以前在大食堂、大酒店做厨师，金华、杭州、绍兴，江苏、江西、安徽、上海，在不同城市，不同省份间流转。"因为家里有两个小孩要带，最后还是回到了常山，想自己开家店。自己开店虽累，但比在外面做厨师好。"他说。

一提到孩子，他的眼神就软了，所有辛苦都融化在对孩子的温情里。为了孩子，一切奋斗都有了价值。

潘师傅与妻子在厨房里忙碌，我自己端着刚出锅的鱼子鱼泡来到餐桌前。鱼子鱼泡的美味，不是哪儿都能吃到的。宋代陶谷《清异录·馔羞门·缕子脍》记："广陵法曹宋龟，造缕子脍。其法，用鲫鱼肉鲤鱼子，以碧笋或菊苗为胎骨。"宋代料理，就有用鲤鱼子的。常山料理，将紫苏、青椒、泡椒、红椒、鱼子、鱼泡一锅炖，味美，营养高。鱼子嫩，鱼泡滑，我最爱用鱼子拌饭吃。鱼子粒粒，细小如沙，晶亮如金粟，拌进白米饭，我叫嚣着可以吃两碗。但最后只撑下了一碗，嘴里仍是不甘心的，只怪自己胃太小。

边上走进两个年轻男子，一人要了一份炒粉干，一盆鸭头，还有一瓶啤酒。

一吃鸭头，我就会想起我的奶奶。吃饭时，奶奶不允许我说话，自己却说个不停。她夹起一个鸭头，说，《红楼梦》里讲"这鸭头不如那丫头，头上哪有桂花油"。可我在《红楼梦》里没找到这句话。

常山鼎鼎大名的"三头一掌"，鸭子占了两席。鸭头鸭掌，放在大锅里炖，从早炖到晚，炖得酥烂酥烂。我尤爱鸭头里的鸭脑。鸭子的天灵盖也被炖得酥烂酥烂，用牙轻咬或用筷子戳击，即可打开。夹出两瓣嫩滑的脑儿，鲜辣入味，接着再吮吸鸭脑壳缝隙里的汤与汁，可真辣啊。这一吮吸，骨头缝隙里吸出的都是辣。

边上的两个男子，大约是喝了酒，一个不停说，一个耐心听。喝了酒，人与人之间的距离会变得更近。你要知道，那些愿意花很长时间和你聊天，听你倾诉的人，愿意将时间花费在你身上的人，才是你的真朋友。

喝了酒，就忍不住多说话。

这世间的大排档许许多多，这世间的小溪鱼许许多多，这世间的醉虾许许多多，这世间的鱼子鱼泡，若仔细找，也能找到好几家。但你只要在常山大排档尝过，你刁钻的嘴，就能分辨出什么是真正的常山味道。

醉虾一只只，柔滑娇嫩，食之不能停箸；小溪鱼细嫩，

鲜美绝伦，让人大呼过瘾；鱼子鱼泡，汤汁黏稠，口味独到，Q弹滑爽。嘴中的一口口辣如化骨绵掌，平服白日里烦闷的心。

我就是想告诉你，常山真是个美食宝藏之地，引诱着人一次次再来，到大排档里追念小城生活里的自得其乐和朴素的人间烟火。我想让更多的人知道常山的好。这个静静默默的，从不给自己吆喝的小地方，这座盆地中的小县城，将一派活色生香圈在群山之中。那些滚汤进肚中，让你火急火燎起来的辣味，让你一边拊肚感叹，一边念叨它的好，计划着什么时候再来一趟。你看它默默不语，但它已经将牵挂拴在你的心上。这一点它是聪明的，它知道要绑住一个人，首先要绑住他的胃，就是要让你百爪挠心，让你死心塌地，让这么多在外的常山游子，纵然隔着千山万水，也会念恋着它的味道，一种镌在记忆深处无法复制的常山味道。

深夜美味，让人不吐不快，我说的都是酒后真言。

快凌晨，食客们散尽。过不了多久，天边就会泛出鱼肚白。大排档旁边就是农贸市场，潘师傅是农贸市场早市的第一批顾客之一。采购好当夜所需食材，他便携着妻子回家去睡白日觉了。

早餐记

何婉玲

寒冬里的大清早，排队等包子出笼的人们，个个缩着肩膀站在门口。屉笼一打开，敦实可爱的包子，热汽腾腾，像清晨刚拨开水雾的朝阳，像对面店铺"哗啦"一下刚拉开的卷闸门，充满了朝气。大冬天里买两三个刚出炉的包子，隔着透明食品袋，焐在手中，那个暖啊，让人一天都暖洋洋的。

鸡蛋灌饼也是我的爱。徐大哥右手捏着鸡蛋，娴熟地往锅沿上一敲，手指将裂了缝的蛋壳向两边一撑，裹着蛋清的蛋黄就灌入麦饼预留的小孔中。敲蛋、灌蛋，所有动作一气呵成。鸡蛋灌饼里有大把大把的香葱，翠生生的，让人想起外婆家门口碧绿绿的清水溪。

徐大哥最初不是做早餐的，他在村里开过一家编织厂。来编织厂打工的村中妇女，清晨还在田头劳作，上午便来到厂里，吱吱呀呀的机器转动声，日复一日荡在柚子林上头。

徐大哥还是村厨，村里红白喜事，都会喊他来操持。他把衣服一脱，赤着个上身，一群老妈子和小妇人，帮着他打下手，切菜、配菜、刷锅、洗碗、摆桌。他站在老虎灶前，大汗淋淋。他的厨艺高超，本地菜、创新菜，统统会来。

村中编织厂生意一直平淡，经过多年考虑，他决定将编织厂卖掉，土地重新种回柚子树。他到镇上新买了一个小厂房，购置了几台机器，照旧做编织，织的是背包编织带，也没有雇人，全家上，轮流看守机器。

机器声越来越响，他叼着一根烟，站在厂房门口。门前有一片湖，夜晚的湖水深蓝，好似一坛发霉的酱菜。他看到湖里的鱼扑腾一声蹿出了水面。

销售出去的编织带，货款又未收回。

一到年底，他就往城里跑——讨债。真是见鬼，讨债还要低声下气，求爷爷告奶奶，个个都说有困难，谁没点困难？拿货付钱本是天经地义，可运气背的，就有那么几家，怎么也不肯付款，等于白送了一批货，白忙活了半年。

每年我们从乡下回城里，总会去徐大哥家吃顿饭。机器依然轰隆隆地响，我们挤在厂房里，围着一张四方桌，酸菜鱼片、霉干菜扣肉、铁板蛏子、十三鲜小龙虾……还是大厨的味道。

不开饭店可惜了，我们说。

机器照旧在响。门前在修路，雨后，路面坑坑洼洼的。就是修路的这一年，徐大哥决定转行，不做小厂老板，不开土菜馆，而是开一家早餐店。他把头发剃了，留了个光头。卖掉厂房，转让掉机器，他出门学艺，光是和面就学了三个月。他从湖边搬到了江边，买了一间商铺，果真开出了一家早餐店。徐大哥的早餐店里有包子、肉饼、豆浆、油条，还有粉干。

常山的包子不似南京的鸡汁汤包，面皮儿薄薄的，兜着沉甸甸的汤汁，常山的包子皮是松松软软的发酵了的面团，柔软回弹。蓬松暄软的常山包子也不同于天津的狗不理包子，常山的包子里除了肥美的猪肉，还和进了鲜辣椒——真是离不开辣呀！但我更喜欢辣豆腐包。我牙不好，自小爱吃嫩的东西，这水嫩水嫩的豆腐，咬入嘴里，好像生活也变得柔软起来，柔柔软软的，任何时候都不必担心被碰得头破血流。只是豆腐烫嘴，你若不听我劝阻，一口咬下去，一准就能体会到为什么说"心急吃不了热豆腐"。

小时候吃包子，好大一口，仍不见馅，让人心焦，徐大哥的包子皮厚度适当，一口就能将皮和馅儿一起入嘴，香辣的肉馅和面皮淀粉中的甜味一中和，滋味丰盈，香而不腻，既得辣之提神，又不用担心辣之流涕。

豆浆、油条亦是早餐的佳配。

面团搓成麻花状，扔进油锅中，炸油条的小师傅用长竹签子在锅中不停地翻动。小时候的油条摊主会将炸好的油条穿到竹签上，一根根垂挂下来，买油条的人捏着竹签，提着回家。油条得趁热吃，热时松脆有嚼劲，凉了软炮炮耷下来，如难咬的厚皮筋，但可以用手一段段撕开，浸入咸豆浆里，口感又绵又软。

小云喜欢甜豆浆，豆浆加一点糖，清和温醇，豆香浓郁。我喜欢咸豆浆，酱油一小勺，立马如加了盐卤般，泛起波涛般的豆花。早餐店里的咸豆浆，会撒葱花、虾皮、紫菜、油条末，鲜咸鲜咸的。每回喝豆浆，我和小云都会为到底是咸豆浆好喝还是甜豆浆好喝争论一会儿。每个人对食物的体验和理解，竟是如此不同。

肉饼也受欢迎，青葱切小段，一枚枚如绿色戒指，与肥瘦相间的猪肉一同裹进麦饼里，入平底锅油煎。咬一口麦饼，那沁人的葱香味儿，好似春雨后冒出的细草，蔓延成一大片。品香馆也有这样的肉饼，和徐大哥做出来的味道很像。

徐大哥的早餐店原来会做一整天生意，早上卖包子，中午和晚餐做炒粉干，夜宵还有酒酿和水晶糕，如今只营业半天。"半天够了。"他说，"钱赚够了就好。"

他照旧会叼起一根烟，站在凌晨早餐店的门前，望着门前江水深流，烟灰蓝色的，像是乡下夏夜的星空。

"做早餐，当然辛苦。苦归苦，手机里叮叮咚咚入账的都是踏踏实实的现钱。"

日复一日忙碌，人来人往，他收拾好桌上的空碗，顾客说一句"好吃"，他便笑了起来。这样的日子，多简单，多实在。

早餐吃一个辣包子，真是振奋人心。

夜中十二味

松　三

　　深夜，到常山。见二三未曾谋面的当地朋友，请对方引荐一些当地的美食。吃美食当然约在美食店。常山的美食之旅，从夜宵开始。

　　晚上十点半的常山冬日，下着小雨，把夜下得更深了。街上静悄悄，建筑黑影幢幢，像到了凌晨两三点。我们到了约定的地点，一家夜宵铺子，深蓝色招牌上三个白色大字——小姑妈。我也有一远房的小姑妈，肤白发黑，常年扎一条乌黑的大辫子，早年在杜泽古镇上卖早点，店名也叫小姑妈。想必这店主，也有一位厨艺颇佳的小姑妈，或自己就是那位小姑妈。

　　一进门，一个夜宵排档小摊，瞄了一眼，似有荷包蛋、包子、鸡蛋饼，还有许多小菜……琳琅满目，比早餐还丰富。转进左侧一个房间。大圆桌对面，已坐着三个常山姑娘。引荐美食的王馆长任职于常山县文化馆，很年轻。她的工作，就是发掘、传播常山的一切文化。美食文化必不可少，听说我们来常山找吃的，特来引路。

不过，冬日的夜晚十点半，大家睡眼惺忪。两帮人坐下来，打着哈欠，互相介绍招呼，几分陌生，几分热络，几分懒散。瞌睡虫撑不住拘谨。这就是夜宵的好处。

上第一道菜，辣炒螺蛳。

螺蛳青褐色，上头撒红色、绿色鲜椒碎，蒜叶、紫苏叶点缀。

常山的菜大部分是这样的，质朴的做底子，辣椒、紫苏、青蒜叶提味、提色。一盘子活色生香。前几日见富春江畔的朋友吃螺蛳，用的是小河虾、新鲜芸豆、小蒜叶，下汤，绿意盎然一片，似一盘子春天。

学美术的人看，常山的菜难得似一个季节。常山的菜是四个季节都有，暗色调、亮色调，有秋天冬天，也有春天夏天，红绿搭配，古代岩彩壁画常用的。这么想，可见常山家常菜做法如美术史，源远流长。

王馆长挑起筷子，喊，"吃吧！"

螺蛳其实是常见的菜，至少在江浙一带，处处都有。但这盘螺蛳炒得好，清爽透辣。清爽是螺蛳干净，常山水好。透辣是一位湖州好友的形容，湖州人一般不爱吃辣，但他却独爱衢州的辣。他说，西南的辣油多，辣得稀里糊涂。衢州的辣，辣得明明白白。

当然，螺蛳的好，在于需要花点力气，也需要一点技巧。我有几位北方朋友来南方做客，面对螺蛳都束手无策。还有一位从小吃到大的朋友，边吃边叨叨："我是不爱吃螺蛳的，肉太少。"但她每次总吃得又快又狠，最后一半螺蛳壳都在她碗里。

螺蛳肉很鲜，"臭名昭著"的螺蛳粉，即用螺蛳熬制汤底。常山还有一种更鲜的，叫青蛳。青蛳小，极鲜。但青蛳的成名处在隔壁开化，开化和常山水系相接，其实无异。

半盘螺蛳吸过去，"餐前运动"做完，大家都醒了。有人喊："上酒！"

第二道菜，便是酒。上一箱啤酒，夜宵标配。不过常山近来又流行柚子汁，奶黄色的，以常山胡柚制成，味清爽，很山野。喝柚子汁的人往往听着喝啤酒的人"信口开河"——啤酒喝起来，大开大合，一条河从口流到胃，胃打开，嗓门也大，什么话都好说，谓信口开河。

现在时尚界讲究氛围感，啤酒也带来了夜宵的氛围感。在常山吃夜宵，更需要啤酒解辣嘛。

不过，你说，啤酒算菜吗？我说算的，啤酒是主菜。

第三道菜，辣炒肉丸。

肉丸一上，我的同伴眼睛亮了。同伴是杭州本地人，他写过一本《钱塘风物好》，里面写满了杭州的美食。在杭州的衢州餐馆，他常问："有你们的肉丸吗？"称得上是地道的吃客。

说起来，肉丸在外的名气是比不过"三头一掌"的，且许多地方都有，配方却不同。常山肉丸吃起来，弹、辣、软糯。当地称为"山粉果"，以山粉、芋头、肉末、香菇碎、嫩豆腐做成。我后来在金华磐安吃到一种"山粉饺"，里头如清明粿一般，以雪菜豆腐为馅儿，也好吃。

据说，各种食材的比例决定了山粉的口感，因而也是"千家自有千家味"。烹煮方法也多样，有蒸的，有下汤的，也有这样切片了辣炒的。在杭州大部分的衢州小吃店里，肉丸以蒸或下汤为主，辣炒的一般需要到当地吃。

如果用一句话评价，我想常山肉丸吃起来有乡愁味。紫苏也有，但紫苏的乡愁味在于嗅觉，肉丸的乡愁味在于味觉。

第四道菜，鸭头。

衢州鸭头已声名远扬。我觉得常山鸭头更辣些。一只鸭头要配多少罐啤酒？眼看半箱啤酒下去了。成都人也吃鸭头、兔头，但成都的鸭头并不那么辣，成都的辣是厚重的，辣是一抹。常山的辣质地清爽，直抵内心。

不过，吃头类食物大约也需要一点锻炼。大学时，我带了几包鸭头到云南昆明，几位浙江同学吃得开心，一位山西男同学坐一边，做惊恐状，他把碗里一只鸭头换了好多方向，只说，鸭头看着他，最后一筷子没动。我们替他可惜。其实云南的夜宵和鸭头比起来有过之而无不及。云南夜宵摊的虫子宴，有竹虫、柴虫、蚂蚱、蜂蛹，这位同学倒吃的。

说回鸭头，听说当地人吃鸭头，是可以吃到一点骨渣都不吐的，因为鸭头炖得够软，味道呢，深入骨髓。这样的好处，是摸黑也方便吃。

有一年的夏天，我们在常山五联村"父亲的水稻田"基地下田。夜深了，我们在"稻之谷"的露台上摆上鸭头、啤酒。露台的灯像满天繁星，我们在星空下啃鸭头，喝啤酒，听蛙鸣。

第五道菜，清炒荸荠。

这一道菜炒得美。荸荠莹白，红椒、青椒点缀，似一盘白玉上撒着绿翡翠与红宝石。这个比喻难免落俗。我一向以为，植物、美食的色彩、质地是值得给宝石取名、借鉴的，不然为什么玉的品类里有菠菜绿、鸭蛋青、青果绿……可见人们对美的想象，很大一部分来自吃。

小时候，我在家中也种过荸荠。我们只吃生荸荠。用门牙慢慢剃皮，如土拨鼠。在杭州，菜市场的荸荠通常削好，盛在小篮子里摆在摊上。买回家，用来炖汤。但荸荠煮得太透太绵，清爽的质地不见，其实不太好吃（或也有人觉得好吃）。

常山的清炒荸荠可以借鉴，吃起来清爽松脆，辣在外，清在里，自我解辣。最近听说一位常山的朋友在研制葛根酒，葛根本身可解酒。听起来有异曲同工之妙。

第六道菜，炒粉干。

炒粉干也是衢州一带常见的主食，也可算点心。与衢州接壤的江西一带，也有粉干，不过他们称米粉。无论是衢州的炒粉干还是江西的炒米粉，都是很辣的。我认识的一位出版界的江西前辈，对老家的米粉念念不忘，他写了一本《一碗米粉的乡愁》。

粉干有汤粉干、炒粉干、凉拌粉干。炒粉干和凉拌粉干中通常搁辣椒、笋干、肉末。和云南米线比起来，米线更松散，粉干更有韧劲，一个是西南人，一个是江南客。

第七道菜，溪鱼。

溪鱼不消多说，另一篇《寻鱼帖》夸得不少。只提一句，我在里头讲："要是哪家餐馆里没有鱼，在常山，倒是不可想象的。"你看，常山连夜宵也是有鱼的！

一箱子啤酒早喝光了，同伴喊，再加一箱。这一箱子啤酒下去，谈了什么呢？我倒完全忘却了。只记得一些琐碎的细节。王姑娘说，空闲了带我们去球川看如何制作索面。还有一座当地的山，山上有座寺庙，庙中可吃素食。

第八道菜，清炒笋干。

笋干切成小丁，佐以碎椒。在杭州，临安笋很有名。其实常山也出笋，凡山必出笋，常山人只默默地吃。

说起笋干，我倒想起一位常山当地的老同学。她在荷兰留学，主攻生物研究。问起她在国外最想念的吃食是什么，倒没想到她说是清炒笋干，笋干配粥、笋干拌粉、笋干拌饭。

她说，很想很想。

有时候想念的一抹味道是说不清楚的，但它又偏偏存在。许多事情只能感受，不可分析，比如人类的感情。

第九道菜，油煎醋糕。

金黄色，拌有笋干、肉末、辣椒。咬一口，外焦里嫩，松脆，香，是山茶油煎的。醋糕也叫作汽糕，衢州其他地域江山、开化也有。不过江山更出名的当数廿八都的铜锣糕，绿色的甜糕，非常软糯。但冷却时坚硬无比，听说古代打仗用它作盾牌，不作盾牌时切下蒸软了填肚。听起来真是荒诞到甜美。

常山的醋糕曾经多是自家做的，现在市场上买的多。一位七八年未见的当地朋友说带我去买醋糕。我问，哪里见？她说，三里滩农贸市场。到了市场大门口，抬头一看，上方一块绿色的大牌子，上头写着一行大字：常山县三十五万老百姓的菜篮子/果盘子/米袋子。

那块绿色牌子上还写着：天马街道大排档。下面第一家餐馆，却是叫巴西烤肉，令人意想不到。往后招牌鳞次栉比。接近傍晚，招牌亮起来，让我想起香港的美食街。

朋友说，这市场上有两家卖汽糕的。我们选了一家小铺子，我买了一块加肉的，十二块钱。从市场出来的路上，朋友悄悄说，其实原味的好吃，原味的六块钱。

第十道菜，地衣。

地衣是一道好菜，名字也好。如果让我再取个笔名，我想用"地衣"。

我对地衣不熟，我吃地衣不过三四年。但吃第一口便沉迷。地衣吃起来有一种古老的意味。后来一查，原来地衣是菌类，那果真比人类久远得多。地衣分布范围极广，全球都有，据说连火星上都有。不知道全球还有哪些地方吃地衣？不知道火星地衣与常山地衣吃起来有何差别？

第十一道菜，在门口的柜台里，大包子。有豆腐包、萝卜丝包。

有两三位女士带着小孩来买，轻声细语，打包回家。看样子像是孩子刚上完夜间课，或是家人突然夜间馋。

包子很大，红油渗出几缕，很诱人。

招待我们的"小姑妈"年纪不小。快十二点了，她走过来，我说，你们营业到几点呢？她说，到四点。四点之后，别人来换班。看来小姑妈是辛苦的。

第十二道菜，想不到的，竟然是糖。

一罐白糖，藏在柜台一角，用来佐粥。南瓜粥、白粥、番薯粥……在常山，倒是不多见。想想也许是小姑妈考虑周到，什么都不能缺。常山百姓火辣辣的，但也得有甜。

第二箱啤酒也下肚了。

大家不再谈论吃食，王馆长的两位女同伴皆是她十几年的老同学。聊起经年累月的友情，嗓门大了，也不困了。

有人喊："你是不是嫉妒我？"

有人再喊："你威风了？"

还有人喊："你喝不喝，你敢不敢？"

看吧，嬉笑怒骂，谈笑杀伐。说一些平时不好说的，问一些平常不好问的。这便是夜宵的好处。

古希腊历史学家希罗多德的《历史》一书中说，古波斯人清醒时做的决定，一定会在喝醉时复核一遍。因为，清醒时是他，喝醉时也是他。可见，白日是我们，夜宵时也是我们。白日需要黑夜来补足，夜宵便是另一半灵魂的载体。

这补足的另一半魂灵，在常山小姑妈，吃饱，喝足，笑够，结新友王馥芸、朱珊、龚琮械，特此记之。

菜场里的人间味

何婉玲

　　小时候家住柚香城菜场（现改为柚香城农贸市场）对面，我爸妈在那经营着一家毛线及拖鞋批零小店。我家小店和菜场中间的空地上停满了自行车，我需要收紧肚子，像一张纸一样从狭窄的自行车缝隙间穿过去，才能以最快的速度到达菜场。

　　印象中的菜场，左手边是水泥台子搭建的蔬菜区，右手边是水产区，一个个圆形的红色塑料大盆摆在地上，盆里分别装着鲫鱼、草鱼、黄鳝、泥鳅、螺蛳。那时的黄鳝是瘦瘦的，像一条条小蛇。黄鳝摊主拿来一张小板凳，一屁股坐下。地上摆着一个长方形木板，木板上钉有一根铁钉。黄鳝摊主麻利地用手指钳住黄鳝头部以下的位置，又快又狠又准地将黄鳝脑袋往钉子上一按，接着拿小尖刀扎进黄鳝后颈部，从上往下快速一划，整条黄鳝脊椎骨就下来了。小时候我也不怕，就喜欢蹲在地上看摊主杀黄鳝。摊子上鱼腥味弥漫，地上湿漉漉的。我和我妹在菜场里跑，小小菜场，就是小时候的植物园、动物园和海洋公园。

我妈不经常买黄鳝，但在端午节一定会有一份蒜苗炒鳝段。我妈说端午要吃五黄，黄瓜、咸鸭蛋、黄酒、黄鱼，还有黄鳝。后来我在杭州吃过几次虾爆鳝面，黄鳝肉肥厚绵软，觉得不如小时候菜场里的黄鳝，虽瘦但腴实而鲜。

菜场里的泥鳅也是瘦瘦小小的，用手去抓，总是滑不溜秋地从指缝间溜走。妈妈买了泥鳅做豆腐泥鳅。热锅里先将豆腐煮熟，然后眼疾手快地倒入泥鳅，盖紧锅盖。泥鳅遇热，统统钻进豆腐里，加水，炖成鲜嫩的豆腐泥鳅。

小时候，我总觉得大海很远，但是小小的柚香城菜场里，也是能买到带鱼、小黄鱼和鲳鱼的。带鱼是桌上的日常菜。我妈将带鱼切成段，用筷子夹住一段一段带鱼在锅中油炸，这样烧成的带鱼不仅色泽金黄，而且外皮酥脆，肉质鲜香。每次吃带鱼，我都很骄傲地觉得我们这小小的山城，也是连接着广阔无边的山外世界的。

嘈杂拥挤的菜场，尽显人间百态，不时能听到关于缺斤少两的口舌之争。那时称重用的是杆秤，杆子上挂一个铁秤砣。摊主将一蓬大白菜放到秤盘里，秤杆儿高高翘起，秤砣都压不住了，卖菜的将秤杆展示给顾客看，大意是：瞧，都是足斤足两的。也有一些"精明"的摊主，在秤盘底下用透明胶带贴上几枚硬币，以此加重秤盘的重量。但再精明的摊主也精明不过我妈。我妈用手往秤盘底下一摸，卖菜的就心虚了，觍着脸笑，说："大姐，这几棵辣椒您拿去，送您！"末了，还塞了一个蒜。

现在用的都是电子秤，分毫不差。摊主们做生意都文文明明、和和气气的，少了许多短兵相接。为了留住顾客，豌豆是剥好的，荸荠是削好的，玉米粒一粒粒掰下来，一把小葱，几棵辣椒，免费热情地往你袋子里塞。水产区的服务更是妥帖，先问你要做鱼片还是鱼块，然后削成一片片，或剁成一块块，边剁还边传授一些烧鱼的技巧经验。

我最喜欢春天的菜场，带着看花的心情逛菜场。蔬菜摊子上满是绿，一堆堆，一捆捆，一筐筐，水灵灵的，什么都鲜，都嫩。瘦的春笋，胖的冬笋，一把把的小青菜、芦笋、芹菜、大葱、莴笋、跳着圆舞曲的洋葱，胖嘟嘟的蘑菇，想着马上就会上市的香椿、蕨菜、马兰头，心里更是躁动得犹如惊蛰的虫子。

春天年年来，年年新，年年按捺不住好久不见却又好似初次相见的心。

春天的菜场能窥见大地上的勃勃生机，此时的野菜是春日第一美味也。筐里的野菜，我不识，问摊主叫什么名。摊主用常山方言答了一句，我没听清。又问，还是没听清。这不重要，叫野菜就是了。春天的野菜用香干清炒，或焯水后加香油、醋凉拌，皆妙。

吃野菜是对春天最大的敬意。

我们买了野菜，又买了春笋、青辣椒，再加一小块咸肉。摊主送了我们几根小葱，正好撒在我们的春笋咸肉汤里。

望着这些青翠碧绿的时蔬，愈发觉得要好好吃饭，好好生活，才对得起这万物生长的春天。

我在徐师傅的摊位上看到了整个菜场中唯一的石磨。石磨边摆着一粒粒比翡翠还要绿的青豆。石磨中间有一个孔，徐师傅舀一勺青豆从孔中放进去，握住石磨的手把一圈圈转动，碧青的豆泥就从两层石磨间碾出。"我在菜场十几年了，这个石磨也跟着我十几年了，现在村里都定制不到这样的石磨呢。"徐师傅说。

青豆泥，在常山叫豆腐渣，我爸说在衢州又叫夹糟豆腐。机器磨出的豆渣，细细的，如绵白糖状；石磨磨出的豆渣，有颗粒感，吃起来更有青豆本真的口感。徐师傅一整天都在磨豆子，我和他还没说上几句，他便提着一袋扎好的豆渣送去边上的饭店了。

我爸年轻的时候不会做菜。西红柿蛋汤里的鸡蛋形状不成花，他埋怨是蛋不好，红烧肉炒煳了，他责怪锅不好，唯独一锅青豆渣做得鲜嫩碧翠的。"秘诀在于耐心。"他说，"一定要有耐心，炒青豆渣时需要一遍遍地不停搅拌，一停下来就会煳锅。待水收得差不多，加盐，拌上小葱，就很鲜美。"

绿油油的青豆渣，清纯爽口，尝到嘴里，好像读了一篇关于春天的小品文。

如今的农贸市场区块分明，干货、熟食、鲜肉、时蔬、水产，每一样食物都码得整整齐齐，和记忆中的菜场已全然不一样，像一个灯火明亮的室内超市。

我让干货区的郭姐推荐几款常山当地食材，她拿出豇豆干、贡面、常山粉干、莴笋干、冬瓜干，又从袋子里舀了一勺辣椒粉。郭姐说，冬瓜干是农人们在村子里晒好的，用冬瓜干做冬瓜汤很省力，水开的时候，放一些进去，再用生粉勾芡即可；粉干呢，加鸡蛋、包心菜、肉末、香肠，可以做炒粉，也可以加汤做汤粉。关于食材料理，每个摊主都很乐意和顾客交流几句。"郭姐做菜一定很好吃吧？""不，我在家不经常做菜，都是我老公做。他做得好吃，尤其是卤鸭头。儿子在外读书，将卤好的鸭头、鸭掌带去，同学们都很喜欢。"郭姐又开心地补上一句，"儿子在台州，刚考上研究生呢。"如此把酒话桑麻似的闲聊几句，市井嘈杂中就有了人间温情。

回到家里，我用豇豆干炒青椒，用莴笋干炒牛肉丝，用冬瓜干做汤，一顿晚餐，将故乡味尝到饱腹。

有人说，初到一座城市，唯博物馆和菜市场不可错过，去博物馆可知历史，逛菜市场可识今世。

唯有菜场，将食物之味与人生之味，如此坦诚地呈现出来。

弄堂深处的人间烟火

周华诚

弄堂的确是弄堂，烟火也的确是烟火。大概在二十年前，妇保院还在十字街口附近，灯光球场也还在，双井弄一带就是烟火气息最浓的弄堂了。长长的巷子曲里拐弯，石板路面雨后泛着光，人们撑伞走在这样的雨巷中。当然，并不是为了拍写真，而是去家庭食堂吃饭。

家庭食堂这个事物，要说起来，还真是小县城的特色。走南闯北很多年，再没见到哪里有如此热闹的家庭食堂。但凡是一条小巷，只要走进去，总能闻到饭香，总能有香辣气息扑鼻而来，总是在一转头的时候，看见"家庭食堂"的手写招牌——招牌可能是写在木板上的，红油漆的字，就在门前地上一搁。来吃饭的人，低头钻进滴水的屋檐下，收了湿漉漉的伞，熟门熟路地在哪一张八仙桌前坐下来。然后，拿大碗盛两样菜，一样是辣椒炒肉，一样是辣椒滚豆腐，再盛一大碗饭，顺手来一勺红彤彤的鱼汤浇在饭上，就呼啦呼啦地埋头吃起来。

简直就是自己家呀。

顿顿在这家吃饭，月月在这家吃饭。老板是知根知底的老邻居，隔壁这一家那一家的口味他也了如指掌。进门端碗吃饭，放下饭碗出门。连饭钱都不用付——也不是不用付，半个月付一次也成，一个月付一次也成，都是包饭制——小县城就这么点儿大地方，哪张老脸不熟悉，吃饭不怕你赖账。真要顿顿结清，也有，通常是进城办事的乡镇干部，来进货的村代销店主，来逛街买衣服备年货的乡人，面孔不是那么熟，但是各自都有喜欢去的家庭食堂，路走熟了，谁家烧的菜最合自己口味，也都是门儿清。

小县城里，这样的弄堂有几条，这样的家庭食堂有几家？数不清。那时候，我在县医院上班，常常穿过这样的弄堂，家庭食堂也吃过不少，到底有几家，我也说不清。大概在2000年，小县城里的家庭食堂据说有三四百家。在任何一家吃饭，同桌的说不定就有县委大院的干部、家电城的老板、县剧团的演员、摆水果摊的小贩、计生服务站的医生、供销联社的柜员。在这里没有身份差异，只是食客。腋下夹着皮包的和腰上别着呼机的，没啥两样；手里拿着大哥大的和手里拎一根扁担的，也没啥两样。坐下来，就是吃饭来的。吃饭时的专注神情也没啥两样，也是稀里哗啦，风卷残云，吃到额头冒汗，快意人生。

家庭食堂的饭菜，基本是大脸盆装的。若要奢侈一点，开个小灶，也不是不行，小包厢还是有的。这样就满足了差异化的需求。那时候，大家对生活的要求都差不多，无非有的人吃一碗，有的人要吃三碗；有的人还想喝一瓶啤酒，那就喝吧。说起来，还是一个价廉物美。包饭的，顿顿清的，都实惠得很，跟自家做饭差不多。所以有了家庭食堂之后，很多人家里就不开伙了。一家数口，孩子放学，大人下班，就在家庭食堂会合，吃完饭抹抹嘴，把碗一推，拍拍屁股回家。

我离开小县城的时候，那些弄堂都还在，家庭食堂还很闹猛。后来我再回小县城的时候，灯光球场没有了，在灯光球场里打架的小年轻也没有了；双井弄拆掉了，变成了双井街，双井应该还在吧；老妇保院那一块没有了，整个片区成了亮丽的商业街。

有一回，快过年了，几个文友约吃饭，地点就定在大街北面的弄堂里，我去了才知道，是一个家庭食堂。在弄堂里七拐八弯的时候，我居然迷路了，到底许多年没有在小县城了。这时候，接到文友打来的电话，告诉我应该怎么走。那是城中仅存的一片老宅，很多老建筑，巷子弄堂也是原来的样子，走着走着，一下子找回了二十年前的记忆。

文友们喝酒，就在这弄堂深处的家庭食堂。虽然是家庭食堂，跟从前也有了一些不一样，好像名字换成了什么饭店，我倒没有记住。穿过院落里的天井，进入一个温暖的包厢，都是熟悉的朋友们。大家热热络络、挤挤挨挨地坐下来，老板拎来飘香的土烧酒，端上来一盘一盘常山土菜，味道好得很。菜呢，当然也是辣的，辣得我出了一头汗。

他们都笑起来——这个东西就得这么辣，不辣不好吃！或者说——啊，这个菜不会辣吧，我叫老板不要放辣椒。说着，就要起身去找老板。我赶忙拦住，就这么辣一下挺好，这味道才正宗。

在家庭食堂，辣是所有菜的灵魂。没有辣的菜了无生趣。比方说鸭头、兔头、鱼头，比方说田螺烧鸭掌，比方说鸡爪，无一不辣，无辣不欢。也正因如此，这样的家庭食堂才紧紧地抓住了老食客的心。这些年小县城的商业发展很快，高楼变多了，商场热闹了，各式时尚的餐馆、饭店也多了起来，很多老常山喜欢去的餐馆，依然是弄堂深处的家庭食堂（名字虽然改成某某饭店了，不管它，老客们继续叫它家庭食堂）。

吃完饭出来，夜幕降临，弄堂里灯光的光线摇摇晃晃，记忆像是一部老电影。在一条弄堂里，两面的墙壁上挂满了吊兰，高高低低，种类繁多，大约数百盆。见我在拍照，一位老阿姨走出来聊天，我才知道这些都是她种的。越种越多，越种越投入，简直刹不住了；她种了这许多吊兰也不卖，要有人喜欢，她就到处送。她住的房子，门脸低低矮矮的，里头也逼仄得很，但她在这里住了一辈子，不愿意搬到别的地方去了。

我想，老城还留着这一片老房子和老弄堂真好，是有记忆的地方。如果旧城要改造，希望能把这一块留下来。我把拍下的照片发了朋友圈，远在北京、广东、上海的朋友都来留言。他们都是吃过家庭食堂的常山人呢，如今分布在祖国的四面八方。其中一位叫露茜的说："我高三的时候在家庭食堂吃过一阵，在白墙黑瓦的四合院天井里，蒸着的一大木桶米饭冒着热气，白花花的米饭上偶尔放着不锈钢碗，碗里有时盛着霉干菜，有时盛着肉饼。不知道是不是'家庭食堂'的'家庭'二字给我胆，我经常薅一点霉干菜吃吃，后来才发现，那霉干菜原来也是其他人预订的，也是要钱的。"

"食堂老板娘的儿子，当时蛮帅，还考上了中国美术学院。难得回来时，老板娘就很和蔼温柔。对待我们这些常客，老板娘比我妈还凶，特别是饭吃不完的时候，就会吼浪费。所以我只能硬吃。吃完，要马上骑自行车去学校自习，然后就感觉，啊，吃撑了……家庭食堂在哪里，只知道在弄堂里，现在，都拆了。"

我又慢慢走回去，醉眼蒙眬地，在那个家庭食堂门口拍了几张照片。

索面·须拼·扁食

周华诚

1

食辣，在我的家乡自是十分兴盛，亦有广泛的群众基础。父亲常说，不辣没味道，他是什么菜都愿意放一点辣来吃的。常山最有名的一道菜，是青辣椒炒红辣椒、干辣椒。别以为这是开玩笑，其实非也，这乃是上了美食排行榜的正宗菜式。

饮食习惯与地域人群的个性，是十分有关系的。食辣的人，个性多粗犷，譬如湘妹子辣，川妹子爽，重庆女娃那就是一个火爆个性——也许这多少带了点文化偏见。然而一方水土养一方人，肉食者与素食者总归有些差异，嗜辣者与惧辣者也会很不一样。同样，说到辣椒，这些年辣席卷全球的态势表明，饮食对味蕾的影响与改造，亦是深远的，甚至可谓是文化的传播与饮食的互动了。

不仅辣椒如此，吃米饭与吃面食的人群据说也存在巨大的差异。几年前，美国心理学家托马斯·托尔汉姆通过对中国人饮食的研究，与合作者共同在《科学》杂志上发表了一篇论文，其中提出了一项"水稻理论"。他的研究成果是，小麦种植区造就了个体主义文化，这部分人群倾向于分析性思维；而水稻种植区造就了集体主义文化，这个区域的人群倾向于整体性思维。

在《人物》杂志做的一个采访中，托马斯·托尔汉姆说："我在中国生活过一段时间，我发现在广东，人们比较小心翼翼，重视避免冲突，但是去了哈尔滨，当地人甚至会当着我和朋友的面，直接引战……我感觉他们更外向、更直接。"

那么为什么水稻与小麦会造成这样的性格差异呢？托马斯认为，其中一大原因是，水稻需要使用灌溉系统，对人力的要求也更高，不同农民之间需要协调，整个村庄里的农民相互依赖，他们会建立起一些互助的系统。几千年来这种文化就会更偏向于整体性思维。而种植小麦对于集体工作的要求稍低，所以他们的文化会相对自由，更独立一些。

姑且不论这项研究是否经得起历史的检验，但可以说，这是一个有意思的研究。托马斯后来在《科学》杂志上发表了一篇新论文，同样也很有意思，是关于在星巴克咖啡馆里挪椅子的研究。我只简述结论吧——他跑了中国南北好多座城市，到星巴克咖啡馆折腾椅子。一到咖啡馆，他就把两个椅子偷偷挪到一起，中间留一个侧身能过的空隙。观察结果显示，水稻区的人很少挪椅子。在上海，只有百分之二的人会挪椅子，大部分人不管多困难都侧身挤了过去。当时椅子没有人坐，是可以挪的，但就算这样，大部分人还是选择不改变现状。而在小麦区的北京，挪椅子比例超过百分之十五。

不只是外国人对这个差异有兴趣，我还查到有一篇硕士学位论文（作者是聊城大学的梁素佩）也是研究这个问题的，《中国水稻区与小麦区人群思维方式的比较研究》。但此项研究的结论却与托马斯的结论相悖，作者承认也许是他研究的样本数太少了。

地域与饮食习惯的差异，与人群气质性格的差异，这个话题总会让人产生兴趣。人们总是会说，南方的烹饪手法精致一些，口味也偏清淡，所以南方人显得斯文；北方的烹饪手法粗犷一些，口味也偏重，因此北方人往往显得豪爽。要我看，这是一个先有蛋还是先有鸡的话题。说不定，正是南方的青山绿水，养育了南方人的斯文温柔，才使得饮食上也更加精雕细琢；北方的大山大水，培育了北方人的雄浑豪迈，反映在饮食上，自然也就不那么讲究细节了。

南方小小的村庄，地图上都找不到一个点的地方——我的村子五联村，田野里也轮作着水稻与小麦。这让我们虽然一年到头仍以米饭为主，但偶尔也能吃些面食。譬如有时擀个面条，煮一碗"须拼"；或者有时蒸一笼豆腐包子、辣椒肉包子；或者有时包顿饺子，饺子的馅花样繁多，饺子的皮糅合了面粉、芋艿、红薯，吃起来润滑弹牙。

常山的街头，也常有卖小烤饼、小葱饼的小摊，半夜三更了，依然有人在街角出摊。夜间上街，闻见烤饼飘来的香气，这诱惑简直叫人无法抵挡。村庄里有什么年节喜事，也会蒸馒头来吃。馒头上用洋红点上花纹，一层层垒起来，垒成一座宝塔，真是喜气洋洋。

2

在常山说到吃面，一定会提到索面，这几年高大上的叫法是"贡面"。常山的索面是加了盐制成的，极有地方特色。

有朋友到常山，却不容易吃到这一碗索面。街头的小饮食店大概觉得这一种食物太小儿科了，不方便拿出来做生意，所以在街头不容易吃到。这两年稍上点档次的饭庄和大酒店，倒是都能吃到索面的，尤其是在担当常山对外饮食宣传窗口的饭店，一碗索面，是一定会有的。但大酒店的局限也很明显——后厨到包厢的路程远，流程复杂，面条出锅之后，很难在第一时间送到饭桌上；即便送到了饭桌上，端上来是一大盆，一众宾朋客客气气地你推我让，好家伙，这一番推让实在叫人着急——那索面在热汤里就涨了，软得一点儿筋道都没有了。这面条就要趁个热乎，趁个眼疾手快。沸水锅里，面条入水一氽即熟，十几秒二十秒就捞出来，夹入早就预备好的面汤之中，然后在十几秒二十秒之内入得口中，方得大妙。

此中原因，还是索面的制法十分讲究，手工拉扯得极细。就连面头，也做得薄薄的。所以酒店的饭局上，第一位夹面的，与最后一位夹面的，吃出的口感就完全不一样了；吃的第一碗，与吃完再来的一碗，吃出的口感又完全不一样了。

　　　　　　　　　　　陪花再醉一会儿

有外地朋友来到常山，在我家里吃到一碗好吃的索面，赞不绝口。常山人都能煮出一碗好面：一个青瓷大碗，依次加入佐料，一勺洁白的猪油，一勺红通通的辣椒油，一把碧绿绿的小葱，一勺酱油，一把生姜末，待到一锅水煮开了，舀出一大勺水先冲进汤料碗中。这些事情做完了，再把索面丢进锅中，在沸腾的水中稍煮一二十秒钟，翻腾片刻，即可捞出面条，浸入面汤之中。这碗面，热辣辣，油汪汪，红彤彤，滑溜溜，吃得你额头冒汗却停不下来，最后捧起汤碗把汤都喝掉，真是快哉快哉。

朋友离开常山，有时就会把索面作为伴手礼带走。带去杭州或上海，回家怎么煮都煮不出那么好吃的味道来。有求知欲旺盛的朋友就会找原因。我告以秘诀：一要放猪油，猪油是基调；二要放辣椒，辣椒是灵魂；三要放姜米，姜米令口味饱满；四要放葱花，葱花令颜色悦目；五要站在灶台边上吃，即时出锅即时吃，或在灶台边上吃第一口，走在去餐厅的路上吃第二口，到了餐桌边坐下来吃第三四五口，这碗面就见底了——大妙。

除了上述五点秘诀之外，还有一个容易被忽略的因素是，煮面的锅里要多放水，要有浩浩荡荡之感，一小把面条入水，要行萧萧江湖之事。汤碗也一样，宽汤窄面，这样才有丰富滋味。千万不能像杭州人吃拌川一样，或是武汉人吃热干面一样，那就完全背离了常山人民发明索面的初衷了。

在电商通行天下的时代，索面的流通半径依然不大。除了本身作为地方风物小吃，产业本就不大之外，这种面脆弱易碎，无法承受快递途中的"动荡颠沛"，是原因之一；索面的生产保存有季节性，须得干燥环境才好存放，是原因之二，也是制约因素。然而在我看来，这倒也无妨——这种大流通时代，所有的城市与乡村面貌越来越相似，饮食也正在消弭它的独特性与地域性。人在家中坐，动动手指头，天南海北的美食都可以送到家门口，所谓美食，也就在某种程度上失去了意义。

从这一点来看，索面的固执，索面的坚守，反而让它成了这个时代难能可贵的事物。

3

为什么常山人处于浙西，却依然热爱面食？想来也是有北方饮食的基因在血液之中。有一种说法是，西晋时，北方人民为躲避战火大量南迁，许多知识分子、农民、手工业者、商贾纷纷逃亡到南方，其中就有大批来自河北赵地常山郡的战乱幸存者，不乏赵子龙的后代。他们逃难到了浙西这块土地上定居，因思念北方故园，便将这里命名为"常山"，一直延续至今。

常山另一道地方风味面食，便是"须拼"。在我看来，这也是本地最具北方特点的面食，接近于北方的拉面。做这种面食，先将面粉加水，再揉面，然后静置四五个小时醒面，这时候的面能达到最好的韧性，十分筋道。再把面团擀成薄饼，切条，拉出细长的条形，下锅煮出来。行旅于西北，几乎到处都有这种制法，不同在于，常山须拼的佐料不一样，有本地特色。春天有笋片笋丝，夏天有南瓜丝，秋天有辣椒，冬天有腊肉，或者四时都有肉片、豆瓣酱、辣椒酱，也可以放点常山人都爱的紫苏。这须拼，若是拉得潦草一点，拉成面片，就是面疙瘩了，常山人叫作"蛤蟆粿"。面食的制法，还是西北人内行，光是面条就能做出三百多种花样来，让人叹为观止。在兰州，单是牛肉面，单是面的粗细，就有毛细、细、三细、二细、二柱子、韭叶、薄宽、宽、大宽、皮带宽等好多种。几乎所有的牛肉面馆，这些标准都很统一且规范，这家的二细和那家的二细，一定相差无几。

须拼之外，还有"扁食"，也算是常山街头能吃到的地方风味的面食。常山人把馄饨叫作扁食，"品香馆"扁食店就在西门的龙门口，也是百年老店了吧。我还是想把常山的扁食，跟北方的馄饨，来做个比较。北方的馄饨更像饺子，皮厚馅少；常山的扁食皮薄馅少，接近于无。我在常山的饮食店里，看老板捏扁食，不能叫包扁食，就是捏——只见她在案板前现做，馅是筷子尖儿挑来的，一挑，一沾，一刮，随手把那面皮儿一捏，手上的馄饨就成一个花骨朵的模样，顺势丢到一边去了。速度快到叫人眼花。不一会儿，她便把那刚捏的扁食倾入锅中，在沸水中翻滚几下。很快，一碗热气腾腾的扁食端上了桌。

常山的扁食，造型优雅，汤清似玉，皮薄近乎透明；一碗扁食有着红、黄、绿、玉、黑各色，有红色的虾皮，黄色的鸡蛋丝，绿色的葱花，玉色的面皮，黑色的紫菜——缤纷好看，香鲜扑鼻，禁不住立刻品尝。轻飘飘的一碗扁食，就是个点心，不能果腹的，此时宜再来两只烧饼。

常山有条常山江，乃是宋诗之河，说的是宋代文人墨客往来常山，在这一条江上留下了无数的诗文。宋人周密在《武林旧事》里写过，"都人最重一阳贺冬……享此则以馄饨"。可见在宋代社会，馄饨也就是扁食很重要，在冬至的地位，相当于粽子在端午的地位。其实在南宋，扁食就已创出许多不同的花样。比如一碗之中，就有十几种馅的花样，谓之"百味馄饨"。

我觉得扁食这种小食，只当得是一种浪漫主义的食物，真要果腹不会想到吃它。扛包挑担走远路的人，绝不会想要吃它。但扁食这种东西又缺之不可，周作人说：

> 我们于日用必需的东西以外，必须还有一点无用的游戏与享乐，生活才觉得有意思。我们看夕阳，看秋河，看花，听雨，闻香，喝不求解渴的酒，吃不求饱的点心，都是生活上必要的——虽然是无用的装点，而且是愈精炼愈好。

扁食便是属于这种"不求饱的点心"，想来也不会是宋代人对生活品质精益求精遗风的一种。

在我的印象中，在常山的半夜里，出去吃夜宵的话，最好是穿街过巷走着去吃一碗扁食。吃别的东西都太沉实了，影响睡眠，又于减肥不利，扁食便是最好的深夜食堂之选。

在昏黄的路灯下，拐进一家年代久远的扁食店，老板和食客都是昏昏欲睡的样子。要一碗扁食，就在颇显油腻的方桌边坐下来。店门外是微雨，是夜归的一二行人，是落叶缓缓飘落。过一会儿，老板便把一碗扁食端上桌来。扁食的面皮是透明的，像花朵一样，漂在汤面上，翠绿的葱花映衬，碗中悠悠地冒着热气。呼噜呼噜地吃完，推碗起身，抹抹嘴，隐入小城无边的夜色中去了。这些场景，缓缓地、慢慢地摇过，就像是看老电影里头的一个长镜头。

油炸粿

何婉玲

渡口小区的徐姐坐在小区楼下炸油粿。一把圆形平底铁勺，搁在沥油架上。她先是舀入一勺面糊铺底，接着加入馅料，再浇上一勺面糊后，将铁勺沉入油锅之中，就像沉下一艘海底探测船。"刺刺刺"一阵连响——旅行开始了，煎至焦黄的油炸粿，从模子里脱落出来，在黄澄澄的油锅中上下颠簸，好似航行在海里。

不同时节，油炸粿里面的馅料也是不同的。这个季节用的是萝卜丝。到了春天，白萝卜下市，竹笋上市，油炸粿里就会换成雪菜笋丝。到了夏日，夹饼摊上则是一大筐碧绿的豇豆了。

"我家臭豆腐也是自己做的。"徐姐说，"姐姐在阁底村，每年会为我准备许多草木灰，紫苏灰、稻草灰、芝麻秆灰、老香椿灰、荷叶灰、豆秆灰……将嫩豆腐放入豆浆、草木灰、花椒等调配的卤水中，第二天捞出来，就是青墨色的臭豆腐了。"

徐姐中午吃过饭后下楼出摊，一直摆到晚上。她的小摊子不在旅行指南上，也不在美食点评网上，需要当地人带路，才能在小区楼下找到。

徐姐取出葱饼，先放入一个油炸粿，然后用剪刀沿着油炸粿的侧边剪开，再用长筷子夹两块臭豆腐塞进油炸粿里，三块臭豆腐塞在油炸粿两边。

"你尝一口，臭豆腐和油炸粿一起吃。"徐姐说。

这样的夹饼，是常山街头的风味小吃。吃完徐姐的夹饼，表弟带我穿街走巷，又拐进了西门大街工商银行边的巷子里。"陆姐的夹饼是我吃得最多的一家。"他说。

陆姐坐在高椅子上炸油炸粿。陆姐开油炸粿不用剪刀，只需两手隔着袋子在葱饼两边一拍，葱饼里的油炸粿"噗"的一下裂开，接着是同样的步骤，夹入两块臭豆腐在油炸粿里，三块臭豆腐在油炸粿外。

我在夹饼里舀入两勺鲜辣椒酱，淋上一些甜面酱，味道愈加鲜香浓厚。

每次吃到外酥内软的油炸粿，我总会想起1998年的一场大洪水，以及那一回爸爸买给我的油炸粿。

那年我和爸妈住在柚香城对面的一家商铺里。商铺在一楼，离地有五六级台阶。洪水漫来之前，我们并未警觉，一家人还散着步去桥头看水。不料水势凶猛，比往年任何一次都要湍急。爸爸感觉不妙，带我们跑回家，手忙脚乱地将店铺里的毛线、凉鞋、拖鞋，统统堆到架子上。

洪水很快袭来，一口一口吞掉门前台阶。妈妈拉下卷闸门，门缝中塞了厚布。没有用，浑浊不堪的洪水，还是浩浩荡荡地涌进来。我和妹妹、妈妈站在屋里的书桌上，桌子小，容不下爸爸，于是爸爸站在矮一些的床板上。

断电，屋子里一片黑暗。那些泛着泡沫，浮着垃圾，混着污浊的黄泥水，爬过桌脚，漫过桌面，一点点向上舔舐着我的脚趾、我的小腿、我的膝盖、我的大腿。黑漆漆的夜里，我什么也看不见，只能紧紧地抱住我心爱的录音机。

没人知道大水会漫到多高。

如果大水将我们淹没，我们该怎么办？没有电话，没有手机，没有救援，不会游泳，也打不开水中的卷闸门，我们如同困兽，与天意做一场赌博，以生命为赌注。

站着一夜无眠。

整个县城在洪水中哑然失声，洪水如汪洋，横冲直撞，四处乱窜，不放过任何一个角落，哐地冲进去，啪地摔回来，水面泛起一个个暴风眼般的漩涡。

我听见妈妈在黑暗中一遍遍地祷告。

所幸，洪水没有继续往上涨。第二日天亮，洪水退去，到处是黄泥浆。店中货物全部报废。妈妈坐在凳上哭，边哭边刷着那些结满黄泥的塑料拖鞋和凉鞋。

看大家伤心，爸爸出门买了三个油炸粿，我一个，我妹一个，妈妈一个，他自己却没有。油炸粿没有葱饼夹，用牛皮纸简单地包着。妈妈吃了油炸粿就不哭了。

"炸油炸粿的师傅是芳村人，用的是他自家的山茶油。"爸爸说。

吃了油炸粿，我问爸爸："我们家会不会变得很穷？"

爸爸告诉我，比我们富有的人千千万万，但也有许许多多的人，生活得比我们更加艰苦。相比损失掉这么多鞋子、毛线，我们身体健康，四肢健全，就是最大的幸福。常山人叫油炸粿为"油煎偈"。你看，它们在油锅里千锤百炼，依然偈偈的，一副打不败的样子。人生就该像一个油煎偈，不怕被任何困难打败。街口做油炸粿的老人，洪水刚退，不就正常出门做生意了吗？

后来，爸爸因身子泡在水中一夜，细菌感染，生病倒下，在医院住了好长一段时间才恢复过来。

等我读高中时，爸妈攒钱买了人生中的第一套房子，但是没有钱铺地砖，也没有钱买家具。同学来家里玩，没地方坐，我就在水泥地上铺上几张纸板，大家席地而谈。考上大学，交不起学费。出发前，电视台来家里采访，问我将如何面对生活。我想起小时候洪水过后，爸爸给我买油炸粿时说的那番话，于是面向镜头，背了一首普希金的《假如生活欺骗了你》。

假如生活欺骗了你，不要悲伤，不要心急！忧郁的日子里须要镇静：相信吧，快乐的日子将会来临……

现在回想起来，过去的艰辛都已过去，唯留了油炸粿里萝卜丝的清甜。人生就是遇到一个又一个难题，然后一个又一个地攻克。我们要做一个倔强的"油煎倔"，倔倔的，不怕热火油煎，抓住当下的快乐，知足常乐。

小隐隐于街巷旁

吴卓平

这个世界上，有的人喜欢确定性，而有的人偏不。

如若放在吃这件事上，那么，确定性就是各种榜单排行，点评分数，口碑相传，网红排队，是口感与审美的最大公约数，是稳妥的，适宜的，大差不差的，就如同昂贵的餐厅往往有其昂贵的道理，门前排长队的馆子则通常有独步江湖的绝技。

而不确定性就是试图突破一下认知与味蕾的边际，冒险一下，"来都来了"，就试试吧，万一是个惊喜呢，凭感觉应该不错，花不了多少钱，试错成本很低，顶多影响心情和胃口，下一顿再补回来。

因此，一群人吃饭，我偏向于稳稳的确定性，而一个人吃饭，我愿意尝试更多的不确定性。

陪花再醉一会儿

说得简单明了，那就是，在熟悉的地方吃饭，我愿意吃熟悉的；在陌生的地方吃饭，我愿意试试更陌生的。

几年前的东南亚之旅，出发去越南、老挝之前，我特意在某点评网上标记了几家评价不错、价格不低的餐厅。谁知，在行程的第一站岘港，我竟出其不意地收获了一桌咖喱虾、蒜蓉空心菜、青椒炒肉丝这般"中式东南亚菜"。

就这？拿来打发欧美游客还差不多，根本无法满足我的期待。

第二天，我骑摩托离开酒店林立的滨海度假区，在一家颇受当地人青睐的街边小店点了份烤肉米线，却有意外收获：烤焦的猪肉浸在偏甜口的浓郁的汤汁中，吃的时候捧一小碗，一块烤肉、一撮米线、两勺肉汤拌匀。若即若离的异域风味，则要归功于那几根香茅草。

相比于泰式冬阴功汤的酸辣霸道，越南酸鱼汤走的则是酸甜的小清新路线，小青柠、番茄、菠萝，配料品种繁多，但味觉的层次感丝毫不乱。

买单时更有附赠惊喜，二十元，不仅满足了口腹之欲，还不用心疼钱包。这家铁皮棚之下的小店离旅游度假区只有十分钟车程，只要愿意多走几步，便能拥抱当地的人间烟火。

无独有偶，在老挝，我也有类似的发现：最纯粹的味道，似乎是从塑料板凳上生长出来一般。

一眼望去，便知真谛——

矮凳是椅子，高凳是桌子，几把塑料椅就搭出了一番新的天地。虽因陋就简，食物却不因此损失品质和风味，甚至常常有惊喜。金橘、青柠和香茅通力合作的鸡腿，酸得平衡又有层次，上桌率极高；杧果带皮切成片，用辣椒和盐微微腌酸，配上微辣的牛肉，开胃消暑极好……

而这些新鲜的蔬果香料，往往来自摊位旁小贩的竹筐，柠檬、红辣椒、杧果、青木瓜或者水灵灵的豆芽菜，这些新鲜的食材经过小吃摊主的简单处理，便成了一道道水果沙拉，甚至还可做成河粉上面的浇头。一碗热汤，把稀薄的纸一样的粉烫进去，外加迅速烫熟的猪肉末和豆芽，以及使劲儿挤出来的青柠汁和鱼露，放点小红辣椒碎末，一碗充满力量感的清汤河粉就成了。

当然，各种罗勒和薄荷，往往摆在摊位的中心位置，从不吝惜，丰俭自取。大概这便是当地人补充维生素的最好方式，也是在天与地之间生长出来的自然食用法则。

当地土著和外地旅人皆是匆忙地来，心满意足地吃。一座城市的无限风光，往往都在这些人身上。

而这样的街边小店之所以能给人带来如此纯粹的饕餮乐趣，就在于当一个人脱离了周遭环境、精致摆盘和所谓餐桌礼仪时，所有的注意力便集中于食物本身。和味道一样纯粹、质朴的，还有卸下各种负担、偶像包袱时，那个不用顾及吃相的真实的自己。

这两年，由于工作的关系，不能"肆无忌惮"地出门旅行，那种搜寻街边美食的乐趣也寡淡了不少。倒是在小城常山，每每行走于街巷，与街头美食的不期之遇，会有一种久违的美好在我的心头升起。

比如，梅雨季一个潮湿的午后，我漫无目的地走进一条小巷。先路过一个热闹的菜市，里面的摊贩正卖着一些应季的蔬菜和水果。再路过一处老旧的居民楼，电线横七竖八地分隔开天空，也不知路过了谁的童年和晚年，有孩子在门口玩耍，有老人在屋子里吃饭。即将走出巷子时，偶遇了一处小吃摊。摊子前杵着一个老旧的牌子：陆阿姨臭豆腐夹饼。而摊边，早已站着几位等待中的食客。

他们告诉我，夹饼当中可以加臭豆腐和油墩儿，而标配是两者都加，"臭豆腐和油墩儿外酥里嫩，一口咬下，和着辣酱的汤汁，全部进入口腔，够味！"

禁不住诱惑，我立刻也点了一份。

好吃吗？

辣里带咸，焦里带嫩，我觉得远称不上珍味，但愿意再来一次，或者几次。站在巷子之中，闻着烟熏火燎的味道，它正是这座"慢生活之城"的馋与闲。

是猎奇吗？

可能也是，但这也的确是热气腾腾的生活。如果想继续感受热气腾腾的人间，吃完一副标配，往回走去菜市场里逛逛，那里依然是活色生香的人间本色。

再比如，之前夏天来常山出差，正巧要去银行办事，等办理完业务走出大门，蓦然发现天色已晚，而一处小摊却围满了人。凑近一看，原来卖的是现煎的萝卜丝饼。

想起之前衢州朋友和我聊起的一个段子，说常山建设银行门口虽然经常停满豪车，但都是在抢那几个"毫不起眼"的萝卜丝饼。

原来真有其事。

虽然不饿，却还是禁不住，打包了两个。

口感很独特吗？

倒也没有，但是那种香糯爽脆劲儿，粗犷又温柔，的确搭配得起这座小城夏夜的晚风。

再比如，一家吃鱼的苍蝇馆子。带我们去吃饭的朋友甚至有点骄傲，他说："这种宝藏级的苍蝇馆子，一般人我不告诉他。"

小店位于一条小路边，几乎没有装修。菜简单，一家人忙里忙外操持，开了很多年。听朋友介绍说味道很家常，价格很实在，因此有很多老客人。

而我的第一印象是上菜很快，堪称凌厉，一桌子菜呼啦啦就上齐了。这里的招牌菜是剁椒小溪鱼，热气腾腾很好吃。

吃完鲜嫩的鱼肉，再舀一勺鲜辣的汤汁，浇在饭碗里，嘴一张，半碗米饭就见了底。

这两年，往来常山十几趟，总有奇妙的遇见。有的是当地朋友带着去，更多的是自己寻找。而林林总总的街头美食，毫不逊色于"居庙堂之高"的正统美食，且丰俭由人，动静皆宜，生活的酸甜苦辣可顷刻间被吞食、被消化。

这倒也让我总结出一条生活与旅行的指导性意见——不确定性，既是人生的要义，也是人生的诱惑。

就如同这臭豆腐夹饼、萝卜丝饼、剁椒小溪鱼……口味各不相同，风格大相径庭，共同点是：都挺好吃的，是那种值得与更多好友分享的好吃，不过在大众点评App上的评分普遍都不高，通常是三星半左右，绝不会超过四星。

为此，我还曾在朋友圈发过一个感慨：大隐隐于三星半。

一位常山朋友在下面幽幽地回复道：小隐隐于街巷旁。

老味道

林志贞

饭焦

菜已烧好，就剩渥饭。坐在灶旁椅子上烧火的我却有着一百个一万个的不情愿。本来已与小伙伴约好去晒谷坪玩，结果却被喊住烧火。顶嘴的后果是挨了一顿骂，烧火的活儿照旧。

饭甑里的剩饭已被妈妈舀出平铺在锅里，水亦添好，接下来只需我用最小的灶火把饭渥好。正常的话，锅底往往还能铲起一层薄薄的饭焦。饭焦，锅巴是也，我一直很喜欢的。吃的时候除了感受那份异于米饭的焦香之外，唇舌间清脆的嘎吱声，每每都会让人拥有一种无比美好的满足感。更好的吃法是，将饭焦拌上些菜，若有剩的煎辣椒汤那最好，拌过之后紧捏成团，那味道可谓一绝。只不过那天生着闷气，柴火被我手中的铁钳一把接一把地塞往灶膛中，眼见得锅里白烟直冒。最后锅底的饭焦是有的，只不过早已面目全非，黑焦一片，只好一股脑倒进喂猪盆。

一直以为愣头愣脑的饭焦粗糙得有点上不了台面，直到遇见了凭饭焦在饭圈成功出道的煲仔饭。无锅巴不煲仔，饭焦就是精华，这是吃货们的经验总结。据说，吃煲仔饭不吃煲底的饭焦，就好像你进了四川火锅店却非要厨师给你整个清汤火锅，没了灵魂。真是枉坐了多年的井底。

女儿班级组织秋游，我动手给她做过鸡爪和海苔包饭。女儿后来告诉我，那鸡爪因为颜值关系受到了同学们的一致嫌弃，倒是包饭大受欢迎。女儿应该没有夸大其词，因为到了第二年的秋游，据说还有念旧的同学提起曾经的包饭。那在小朋友的记忆里香了整整一年的包饭，其实也就是多整了些配料的带着饭焦的蛋炒饭而已。

滑肉汤

那年外甥十来岁吧，暑假里，一张车票独行数百里从杭州回常山外婆家。一路颠簸，几小时后已在楼下兴奋地大喊外婆。进得屋来，书包都未及摘下，就嚷嚷着饿坏了。

饭菜早为他备下了，还有汤。汤是滑肉汤，一直在锅里为他温着。看样子是真饿了，那么些饭菜下肚，再加一碗热乎乎的滑肉汤，丁点儿不剩，就差舔碗。这以后每餐吃饭，小家伙必先打探，有滑肉汤在桌，两碗米饭不成问题，若没有，碗里的米饭则只铺碗底。总不能由着他饿肚子呀，于是天天都能听到妈妈在厨房里敲打滑肉的声音。暑假结束，姐姐来接，看到肚子溜圆已成小胖墩的外甥，直呼：天哪天哪，这怎么减得下来呀！

滑肉，只要在常山的饭店餐馆，肯定是吃得上的，出了常山地界就难觅其踪影。地道的滑肉，需用里脊肉，切成两三指大小，裹以番薯粉，再细细敲打，当砧板上的肉薄如纸时，滑肉就成形了。锅里的水开后将滑肉入水，再加调料，米醋切不可少，两三分钟肉已烫熟，然后倒入番薯粉勾芡，再次滚开后即可出锅，最后撒以黄姜米、绿葱粒，肉嫩汤滑，看着就让人胃口大开。

吃滑肉最热闹的要数老家人的宴请酒席。巴掌大的肉块装了一脸盆，四五个主妇围着砧板，一面手里的锤子急速敲打，一面家长里短聊得火热，敲好的滑肉便渐渐叠成了小山。来宴席的孩子们见了奔走相告，有滑肉的，有滑肉的。当鞭炮响过，宴席就开始了，大人、小孩陆续上桌。小孩也端碗喝酒。酒是加井水煮沸的米酒，酒味已淡不醉。大人们喝东家自酿的烧酒。酒后话多，这桌喊话那桌应，话不投机时也有，便可见喝着喝着声音就高起来了，旁边清醒未醉的瞧出苗头赶紧插科打诨劝开二人。小孩自有小孩的热闹。前面的菜垫得差不多了，吃速也慢了，或者干脆搁筷，一面从兜里掏瓜子嗑着，一面巴望着那碗滑肉汤上桌。那碗汤终于由帮厨端来了，孩子们高兴得双眼亮晶晶的。一人分得小半碗，三两下哧溜下肚，还想要桌上的，碗已空。知道滑肉是压轴，孩子们便纷纷弃碗离桌。而我凭着妈妈是帮厨，便有了去厨房加菜的权利，其他的也不再馋，只惦念那碗滑肉汤，再一碗下肚终于满意。

时光流逝，那曾经的小胖墩已是一米八高的阳光小伙子，来常山老家依然馋着他外婆的那一碗滑肉汤。

粉干

在县城的诸多粉干店里，以位处渡口的老太婆那片店有名。大概一方面缘于大家对店里粉干的喜好，另一方面缘于掌勺老太婆对上门食客开口就骂的泼辣劲。也是奇怪，越是挨骂，吃客们还越爱去，活脱脱一个愿打一个愿挨。说是店，其实是居民楼底层的小套房，客厅卧房甚至过道，都摆上了小方桌和塑料凳，看着挺挤，换个角度就是生意挺好。

一车五人，浩浩荡荡地冲将过去。进门，就见冒着热气的炒粉干已上了小桌，青菜和红椒的搭配让人胃口大开。不由赞一声：好快！话音才落，老太婆的大嗓门已从厨房飘出："那不得快呀！你们电话打来，我就提前准备了，掐着你们下班点烧的呢，不然再等一个钟头也轮不到！"原来还给开了一道后门。这会儿，门外又进来俩小伙子，问："忙吗？"灶台前的老太婆也不热情迎客，张嘴就是一句："忙不忙你们眼睛看不见呀！要吃什么就报来，不要啰唆，我女婿来电要几碗粉干都乖乖排队等着呢！"迎头挨上老太婆这一顿夹枪带棒的训斥，俩小伙竟然没有落荒而逃，可见也是真爱粉了。要说，老太婆常年在"小钢炮"的河边来回横跳，也难免遇有湿鞋之刻。据传，有那么一回老太婆因伤歇业，就是拜那不讲武德的吃客所赐。江湖传言，真假不知。

老太婆的厨艺也委实了得，嘴上吧嗒个不停，两只铁锅左右开弓，一点也不耽搁，原本无聊坐等的吃客们陆续都等来了属于自己的那碗。走过我们的桌边，见桌上人手一瓶矿泉水，老太婆还有工夫停下来："不辣吧？没有以前辣嘛，粉干都不红，以前我烧的粉干那才是真辣，经常有人辣得眼泪直流呢！"瞧把老太婆嗙瑟的，这碗粉干的辣意，哪里会不比以前？我不由猛灌几口凉水。

过去在老家时，粉干、洋面都有人用平车拉着到村里来卖，一斤米兑换多少，另外再付点加工费。我喜欢粉干，老远看到那平车了，就飞跑回家报信，让妈妈准备好米和钱。称好的粉干用报纸包着，一大捆可以吃上好几次。焯过粉干的汤水，浓稠且带米香。夏日，地里干活，口舌冒烟，到家先冲去灶下喝上一大碗，那脏腑瞬间凉丝丝的感觉简直可以媲美冷饮，都不舍得倒给猪吃。遇上哪餐煮粉干了，八仙桌上基本也就没有另外的菜了。田间劳作的爸爸，大中午从外面带着一身热气与疲惫回来。午饭是水煮粉干，还有一盘菜，盐渍辣椒。爸爸嗦一大口粉干，夹一筷辣椒，再喝一大口焯粉干的米汤，脸上的惬意犹如喝酒般满足。我甚至怀疑爸爸是把那米汤当酒来喝了。爸爸说，嗯，粉干配这腌辣椒，味道真鲜咧。我们小孩子平时喜欢用酱油拌饭，爸爸那碗可能连酱油都没让妈妈放，看上去白壳壳的。倒是那辣椒，地里刚摘回来用盐渍的，又辣又脆，还带着一丝生猛的鲜劲，确实开胃。

在老太婆喋喋不休的大嗓门中，我记忆翻涌，一时思念难断。

索面

面是北方餐桌上的大户，且不论端上来的是那宽厚的裤带面、油泼面还是薄如蝉翼的臊子面，重点是满满当当一大碗红油热面下肚，空落落的胃立感瓷实；而在南方，面多纤细，不再厚重，缠缠绕绕地卧在汤里，面清汤鲜，哧溜下肚倍感神清气爽。

老家人也钟爱一碗面，逢生日、大年初一那是必吃的，面曰索面。听名知意，索面那必是如丝如缕既细又长的了，正是如此。索面在老家的历史源远流长，因皇帝赐名而声名远播。时至今日，索面作为地方美食曾几上央视舞台。老家人过年，年货中若没有索面，那都不好意思说自己是常山人。

手工索面的制作烦琐精细，除了对面粉和水质的要求外，还受气候、温度、风力、阳光的影响。秋后，少雨多晴，空气干燥，做面的时节到了。做面其实是一项重体力活，家里的男人是主力。夜半起床，在浸骨的寒意里揉面、拉面、盘面，十几道工序哪一步都容不得疏忽，数小时后早已汗湿衣裳。眼瞅着太阳出来后，再将一架一架的索面晾晒在门前院后的空地上。面在暖暖的阳光下迎风微动，<u>丝丝缕缕一如绷紧的琴弦</u>。

大年初一的早上，妈妈都会为家人煮上一碗索面，意谓这一年家里好运连连。小时候兄妹多，一人一碗，大小碗只围着锅沿一溜儿排开。面随着沸水翻腾，一如舞女甩出的水袖，两三分钟即可出锅。趁着这工夫，妈妈麻利地给那一排面碗做汤下料，凝如膏脂的猪油是索面最好的搭配。汤放好了，锅里的面也好了，夹面入碗再撒上一撮细碎的葱花，不待妈妈吆喝，我们已溜下床不怕烫地捧碗开吃。猪油已融化，香味浸入面条，那汤只剩一个鲜字。

许多年前我只身去了千里他乡，成了流水线上的一名工人。孤独的我识尽愁滋味，想念妈妈，想念老屋，也不习惯那里的饮食，多少次一面咽着口水一面回味着那些年在家吃过的索面。在无穷无尽单调枯燥的流水作业中，心头漫起的离愁别绪被难捱的日子扯得又细又长，一如老家的那一挂挂银丝细面。

妈妈知我想家却不可能来陪我。秋去冬来，老家的索面已晒好，妈妈便寄给我。担心路途遥远颠碎了面条，妈妈用了一层厚厚的报纸包在外面，再用大纸箱套小纸箱，提在手里沉甸甸的，邮费几欲贵过面条。乡味真的是慰藉乡愁最好的办法，虽只是清水煮面，却一点儿不影响我对它的那份喜欢。没有了以往家里那些丰富的调料品种，面条入口唯余咸香，在满心无处寄托的思家情绪前有此足矣。

女儿得我真传，面食不喜包子不喜烧饼，唯有索面总吃不厌。早上赖床百喊不应，一声"索面好啦！"话音未落她已翻身下床，头发凌乱冲向厨房。

进门饺子出门面，游子离家母担忧。妈妈手里的那一碗索面是送行亦是牵挂，低头连汤喝尽咽下的是不舍亦是念想，念那育我顾我的母亲。

岁月更迭，不变的是手里那碗索面的味道。

鸭头

说起常山美食就少不了要提卤鸭头。常山人的卤鸭头与鱼头、兔头、鸭掌合称"三头一掌"，是此地美食界的不二担当。

在常山，吃地道鸭头最好的去处是大排档。家家都卤，汤必是老汤，各有独家秘籍，卤出的鸭头味入骨髓，客人啃完少不得还要吮指一遍，丁点儿不肯浪费。味也是极辣，入嘴之时则有微微辣意，和风细雨式地蒙蔽人，当鸭头啃至过半方感嘴里辣意已如火山喷涌，但要停箸不吃也是不可能的，美味当前呢。于是便听得"老板，水来一瓶"的差唤在各桌此起彼伏。

虽为吃货，又不想徒留一个好吃的名声，啃着鸭头少不了也要装模作样为所吃做一番渊源找寻。还真有！而今声名远扬的鸭头与明时旅游达人兼文学家徐霞客先生有着丝丝关联呢。

据传，很早以前，衢州常山有户穷人家，年迈的奶奶带着孙子、孙女三人相依为命。有一天，他们家竟然难得地飘出了浓浓的卤肉香味，引得一位正打经过的路人寻香上门讨吃。其实锅里所烧也非猪肉，而是兄妹所捡那大户人家丢弃的鸭头。饥肠辘辘的路人不待奶奶邀请已自个儿掀开了锅盖，三下五除二竟然不停嘴地将鸭头啃了个精光。看着空空如也的大锅，路人很是抱歉，于是留下了十两银子和一张

"头头可道"的便条，然后带着饱腹的满足感和深深的歉意匆匆告辞。第二日，兄妹二人捡回的鸭头又被奶奶用头日所剩汤汁加水煮吧煮吧，不想还真是美味。后来祖孙三人便用路人所留银两开了家卤味店。这日又来了一位听闻常山这里有好卤味就一路追寻过来的远客。酒足饭饱，客人在桌上留下"头头可道"四字飘然出门。等兄妹二人醒悟过来追出门去，客人早已不知所终。

后人相传，那客人就是著名的旅游家徐霞客先生。一个鸭头能有如此渊源，实不枉为我等吃货所爱。此文正敲打，挤进来一条好友信息：明日卤鸭头。这是邀请呢？还是邀请呢？

芋芀饺

"好吃不过饺子"，这句话一下就道尽了饺子在平常人家餐桌上的受欢迎程度。再看外面各式汤饺、煎饺、蒸饺，果真是花式众多。说的这些饺子自然都是由面粉擀皮而成的。而在我的老家常山白石，那里的人家却更偏爱一种芋芀饺子。芋芀饺子不用面粉，它的外皮由芋芀和番薯粉揉搓而成。做饺子的芋芀一定得挑选口感面面的那种，水分充足，肉质细腻。冲洗干净后连皮下锅煮，煮熟后剥去外皮，再一个个丢进已准备好的番薯粉中。芋艿与番薯粉的搭配比例影响着饺子外皮的软硬程度，盆里的粉团也一定要揉搓用劲，这样的饺子外皮才软而筋道。

客厅的墙上挂有一幅中国地图。闲来无事，手持一根筷子站在地图前细究各地饮食，我发现面粉饺子自北而南呼啦啦地一举霸占了半个中国。相比这浩浩荡荡的面粉饺军团，老家人桌上的芋艿饺子几乎就成了一支人力单薄的小分队，还呈散兵游勇状。因为据本吃货的有限所知，这芋艿饺子除了大受白石人家的偏爱外，在本县的芳村一带还有一定的市场。

去常山白石，若女主人说，"真巧，家里包了饺子"，不用问，待会儿端上桌的必是芋艿饺子。小时候不会包饺子，我只负责剥芋艿皮，当然也少不齐地往嘴里送。妈妈做芋艿饺子从不用擀面杖，只用两手的大拇指与食指互捏面团，两三下一张薄而圆的饺子皮就成了。馅是豆腐肉馅，早已备好。

白石的芋艿饺子，汤煮是最好的烹饪方法。番薯粉类吃食诸如素鸡、粉丝，还有这饺子，趁着刚出锅的热乎劲味道最好。小时候，妈妈煮芋艿饺子，我最爱跟在边上看，一锅滚烫的水里饺子沉沉浮浮，清清爽爽，那外皮虽薄却不见有一只破皮，可见妈妈手艺非同一般。在白石人家的厨房里你会发现，凡是下锅带汤煮的，就离不了猪油、葱花、米醋、生姜粒，这几样可谓是标配，我每次总是连汤喝尽。

我们一大家子都爱这一口，连女儿都得了家传，看到面粉饺子都不带下筷的，嫌弃那饺子外皮太厚太硬。我最爱的还是喝饺子汤，经常手捧大碗将一碗热汤喝得一滴不剩，独留饺子在碗底。那汤料也无外乎是油盐酱醋，只是妈妈每一样都拿捏得恰到好处，那汤就只剩一个鲜字。回家调不好料，每次煮饺子就加两勺豆瓣酱在碗里提味，女儿忍无可忍，问："妈妈，你煮饺子时就全靠这酱了？"

知我们爱吃，妈妈包了芋艿饺子放冰箱里冷冻后以袋分装，然后挨个地打电话，让我们去拿。家里曾请一保姆，做事粗糙，烧菜时锅里火苗不时蹿出，看得我心惊肉跳。遇上煮饺子，一袋饺子"哗"一下齐下锅，待我房间里转一圈出来，阿姨正麻溜地捞饺子出锅。只是一口咬下，里面的肉馅还透着些许凉意，枉费了好东西。再瞧阿姨却吃得甚欢，说好吃啊，哪有没熟？

不由感慨，同样的芋艿饺子经由不同的手就煮出了千家百味，而我独独钟爱妈妈这一味。

母亲节的这两天，微信里满满的都是孝顺，看一下自己真是惭愧。从来都是去妈妈家吃现成的，从没有像朋友圈里展示的那样为妈妈烧一顿饭，又或者搂着妈妈亲密无间地留一张合照，连电话都很简短。倒是女儿举着手机与那头的外婆一聊就是大半天，还经常躲进房间悄悄地不让我听。

休息，去妈妈家。路上女儿大乐，哇哦，上外婆家了，我要吃外婆包的饺子。又是一枚小吃货。不过我已准备好了，给妈妈打打下手，饭后洗碗拖地，让妈妈走出厨房，也可以坐在沙发上从容地看一回电视。

素鸡

家里做红烧肉的时候，妈妈将肥的部分挑出来，剁成肉丁，和上豆腐，并将番薯粉加水调开，然后将这三样混在一起加调料搅拌。这搅拌也讲究，得朝着一个方向，这样搅拌出的馅料均匀。最后将这馅料平铺在准备好的蛋皮上，蛋皮对折，包裹成长条状上锅蒸。外面的那层蛋皮也很讲究，是新鲜出锅的，准备得太早冷却后就硬了，一碰就破，不好包。一刻钟后厨房里已是香气扑鼻，这是我们从小就爱吃的"素鸡"。百度一下，还是不知道这两个字该如何写。"素鸡"出锅切块，往往等不及装盘我们已吃上了，这是打小形成的习惯，延续至今已难改，除非家里有重要的客人，需要矜持一回。现如今，家里排位最小的我也已为人妻，当初的那些要客也早已降为身边家人，再无须小心翼翼地顾及形象。抓一块在手，一口咬下满嘴肉香却没有一丁点儿肥腻感，若冷后再回锅就没了刚出锅时的那股韧性。

刚到城里的时候，我给城里的朋友描述这味美的"素鸡"，朋友一点就通，说肉丸嘛，我们也做的，吃不了还可清水养几天。后来吃过城里人的肉丸，觉得这真心不能跟我们自小就吃的"素鸡"相媲美，顺带着也理解了私人定制与批量生产的区别。

清明粒

同学在杭州，饭点在微信朋友圈上传了些美食图片，看样子是乘着休息天外出搜罗吃的去了。有一盘圆球状的大家都猜不透，同学知我们没见过故意卖关子，估计是吃得差不多了才慢腾腾地透露是清明粒。

清明粒？不由一愣，那不就是部分常山人说的清明泪吗？清明泪，顾名思义，在家书难抵的过去，必是古人通过这样一种食物以表达对亲人的思念缅怀之情。在本县的东案一带，清明时节家家户户都是要做清明泪的，以纪念他们的王家先祖。这点一如端午节我们用粽子纪念屈原，只不过相比起来，清明泪的影响范围较小。所以，虽觉得似曾相识，但依然辨认不出，更想不到的是这样一种纪念食物，远在杭州竟也能寻得它的身影。

　　看着也是诱人，随手转了，一位远在内蒙古的朋友传来悠悠一句：此物最是磨人的乡愁。不觉有些纳闷，此朋友并非常山老乡，她怎会有此乡愁。且不说她，就是在本土常山也还有不少人不知道何谓清明粒呢！见我不解，友说，她祖籍淳安，小时候一直跟着奶奶生活在淳安，在老家淳安清明时节定是要做清明粒吃清明粒的。她记得那时清明临近，那几日村里的磨坊格外热闹。女人们一面等着磨粉，一面比较着谁家的米粉更白净。她也跟着奶奶去，而她的喜欢不单是因为热闹，还有弥漫在空气里的丝丝香甜气息。她说一走进那老旧的磨坊，就忍不住大口嗅着，好似寻吃的小狗。

　　磨好的粉背回家，清明粒也可以准备了。奶奶先将米粉上锅蒸熟，然后揉粉搓条，揉出筋道了揪下粉剂子搓成圆球状就是成形的清明粒了。她也帮忙，常常是一面搓着一面就放进了嘴里。知她贪食，奶奶也不说她。待她和奶奶搓好一盘清明粒，在田间劳作的爷爷也带着一身疲倦回来了。远远地看到了爷爷回家的身影，厨房里的奶奶就开始忙碌了，炒菜烫酒。而她最喜欢看的是奶奶炒清明粒，喜欢听锅铲碰撞大锅那沙沙的悦耳声音，灶膛里的柴火映照着她期待的小脸。多年后当初的味道早已模糊，只留一个好吃的印象。

其实模糊的又何止是那份味道？她说奶奶带给她的那些幸福记忆常令如今的她在夜半醒来时再无半点睡意，她一次次地追忆那些逝去的岁月，想着老家。而现实是爷爷奶奶早已去了天国，曾经的老家呢，在那场感天动地的移民潮后，已在那浩瀚的湖面下沉寂多年，老家已成了心中永远的、回不去的老家。离开老家，身边没了奶奶陪着，清明粒也逐渐成了记忆里的一抹乡愁。友在那边说，她从未像此刻这样感觉老家近在心里。

关乎老家，于我们总是有太多的记忆。它承载着我们过去的欢乐与眼泪，老家的一草一物于我们都有着太多的情愫。就如这圆圆白白的清明粒，予朋友即是童年的快乐及亲人相伴的幸福。只不知这一盘思故清明粒，又能否慰藉友那份沉甸甸的乡愁？

杭州的同学吃得不亦乐乎，可以想象在这味觉寡淡的炎热之季，一盘辣炒清明泪对味蕾的刺激。清明泪，作为一种逐渐走向大众的美食自然是在它的念古之情之外的。

红薯干

番薯也称红薯，在老家很常见。秋意渐起的时候地里的番薯成熟了，一担担地挑回家，房间墙角的番薯就日渐堆出了一座小山。霜降过后，天多晴而少雨水，这个时候的番薯呢，经过一段时间的储存糖分也渐高，晒番薯干最适宜的时节到了。

起个大早，我在院子里挑那些个头匀称的番薯清洗削皮，然后切成二指宽硬币厚的薯条。这活听着很美，其实不然。大冬天刚过清水的番薯握在手里冰凉，好在有阳光暖暖地照着，人也就不冷了。灶火已起，将切好的番薯条下锅焯水，然后就是趁着日头正高抓紧晾晒了。这个时节在老家可见那各家的房顶平台上都晾着一簸箕一簸箕的薯条。半干的薯条糯软，嚼劲亦足，上学的时候上平台抓上一大把将裤兜塞得满满的。儿时的冬天总是寒冷，有同学的奶奶怕孙子冻着，一路颤悠送来火熜。此后同学的火熜不止为我们暖手，我们还用它来煨各自带去的吃食。其实大多时候大家掏出来的也都是番薯条。下课钟响，我们立马抓几条丢进火熜，一圈人都盯着等，等有缕缕细烟升起时就可刨出了，一人抓一根也不怕烫，稍稍吹去表面的草木灰就迫不及待地开吃。在没有零食的岁月，那半焦亦脆的番薯条让我们将那些寒冷的冬天过得无比欢畅。

在我看来，为了让存放的时间能够长一点，家里的薯条总是被晒过了头。每天嚼薯条害得我两颗生痛，这让我每次只能抓一小把放在口袋里，很是心痛。讲究点的人家会给家里的孩子炒薯条作零食，我家里也炒，不单为了我们，也为了正月待客。炒薯条得文火慢炒，细沙里的薯条受热后噼啪作响，母亲用力挥铲不让起焦。起锅后用筛子滤去细沙，这很关键。急性子的主妇炒不好薯条，就因为性急求快。薯条上的沙子过滤不干净，客人吃时硌牙齿，碍于情面还得说好。再富足点的人家就会准备油炸薯条了，炸得焦黄的薯条，油汪汪地装进铁皮洋油箱，待到正月里还是喷香酥脆，待客倍有面儿。

及至后来吃过毛良坞一带人家的红薯干，终于知道待客倍有面儿的红薯干就数它们了。那里的人家多产红心番薯，且都是种在阳光充足的沙壤山地里，土质相宜。一个红薯切成四小块，上锅蒸熟后平摊在阳光下晒，红薯干厚实却不失糯软。有同事的老家就在那里，每年他都背一大袋来给我们解馋。后来分开了，一旦老家的红薯干晒好了依然会打电话来。

有人惦记，挺好。

猫耳朵

腊月起年味浓，最明显的就是入嘴零食多了。楼板上那些空置了近一年的大小瓮坛被香甜的冻米糖、炒米糕、瓜子、红薯干塞得满满当当，再看低矮的院墙上还有猫耳朵在簸箕里晒着呢。这些看得见摸得着吃得上的富足感，让儿时的我常常感慨，年要是能被留住该多好！

那年漂在外地，虽时时归心似箭，现实却终不得成行，乡味便成了慰藉离愁最好的疗方。一日在一面包店外，见小黑板上书：新美食猫耳朵。猫耳朵呀，心里一下感觉这不起眼的小店无比亲切，进得店门说要一斤猫耳朵。老板娘在柜台后伸头回问："一斤？"我点头，心里有点不明她何以要用这种怀疑的语气。难不成一斤猫耳朵很贵吗？

老家人做猫耳朵都是用番薯泥调米粉搓条切片而成的，太阳底下晒上一两天去了水分就可下锅油炸。都是地里种的东西，成本不高，主要是费点心思。主妇对火候油温能拿捏得恰到好处，炸成的猫耳朵白白胖胖酥脆香甜。若遇上那半吊子厨艺的主妇，可就难说了，猫耳朵要么炸得太老焦黄，要么火候不够吃着有如夹生。

老板娘招呼我坐下稍等，掀门帘去了里间。等得实在无聊，又不舍就此错过，猜想可能是需要现炸吧。终于帘动了，老板娘出来手里端一海碗，热气腾腾，径直送到我面前。不由傻眼，这是猫耳朵？漂在汤里整一大碗？老板娘无比肯定，就是猫耳朵。好吧，我让自己用地大物博这理由去接受猫耳朵由零食变主食的变身游戏，只是我真的怀念儿时那让人吮指的油炸猫耳朵。

友欲做猫耳朵，瞧她备的这些鸡蛋、牛奶、红糖、面粉等材料与我印象里的完全不搭，主力番薯都不见了踪影。后来我才知道，这年头猫耳朵都与时俱进改走精品之路了，实在是自己落伍得很。有的猫耳朵片片肥厚，放裤兜都不用担心压着会碎成渣渣。

吃饱反正也闲，便想看看这些猫耳朵的嫡庶之分。据传，小小的猫耳朵还与乾隆有着渊源呢！那年他下江南，泛舟西湖赏景，正感疲乏又遇大雨，只好停舟湖中，一时又累又饿，忍不住向渔翁讨食。渔翁很是犯愁，船上有面却没有擀面杖，他小孙女知道后脑瓜一拍说办法有了。小女孩的办法原来是揪面片，有点随心所欲，细瞧又貌似小猫耳朵，乾隆吃后竟觉回味无穷，问是何面？小姑娘手抱小花猫，随口答说猫耳朵。乾隆回京后还不时想起江南的这道美味猫耳朵，遂召小姑娘进宫做"猫耳朵"。

　　这么说来，根正苗红的倒当数汤煮猫耳朵了。当然，吃货才不管这只猫耳朵是什么出身。

冻米糖

　　说起冻米糖，常山的小伙伴们是不是一下就想到了球川人家的冻米糖？确实，酥脆香甜的球川冻米糖就是不同于别处人家做的，也难怪街头那些糕点大妈都爱说自己推车上的冻米糖来自球川，而我心里更偏爱的是家里自做的冻米糖。在过去，冻米糖与花生、瓜子是家里年货的三大主角，地位不可撼动。只是现在，家里不做冻米糖已有多年。

　　　　　　　　陪花再醉一会儿

一锅冻米糖好不好吃，除了师傅的手艺之外，还离不开准备的材料，如芝麻糖片、花生或年糕。冻米糖备料丰富就显金贵。从秋后备下颗粒饱满的糯米开始，到过了冬至后蒸糯米饭，这得挑选好天气，因为糯米蒸熟后还要粒粒搓开再晒上两三天，这样前期的准备工作才算完成。现在外面的冻米糖米花大都是爆出来的，而家里那时都是用文火细炒的，所以家里的更香。炒冻米糖的柴火也与平时不同，最好是飘落在地的枯黄松叶。松叶一燃而过没有余火，锅里的糯米亦不会炒焦。所以家里要炒冻米糖了，妈妈就会让我去低矮的山坡上找些松叶回来。想着又有冻米糖吃了，我从没推辞。炒冻米糖的过程在儿时的我看来堪称神奇。小半碗糯米倒进锅里拌着细沙翻炒，几秒钟后就成了细长的米花。用筛子滤去细沙，就是可入口的米花了。

切冻米糖看似也不难，所以左邻右舍大都选择自己动手，这样还可省下工夫钱，只是那做出来的冻米糖实在不尽如人意。家里每年都外请师傅。妈妈认为冻米糖除了是我们的零嘴之外，还是来年待客的糕点，不能自毁形象。能干的主妇就是面面俱到的，家里的东西样样都拿得出手，就是一条板凳也比邻居家的干净。

几十斤糯米炒好一般已是晚饭时间，师傅与我们草草吃过晚饭就开始动工了。锅里的糖浆是大伙吃饭时细火熬煎的；厨房里已有浓郁的香甜气息。师傅先净手，不知这是不是仪式。不过仅凭这点我到现在依然佩服，你想啊，那么多年前一个农村老汉都能做到这般程度，着实不简单。案板上，师傅的切刀、木框、压板都已准备好。将炒好的糯米、花生、芝麻全放进热锅与糖浆搅拌均匀，几分钟即可出锅，倒在木框架里摊开。老师傅用压板用力压瓷实，他说不用力压过的冻米糖就松散易碎。抹平整了，师傅操刀开切。伴着切刀划过的嗦嗦声响，一块块冻米糖整齐地排列在案板上。师傅切冻米糖已有多年，刀下的冻米糖每一块都厚薄均匀。此时的冻米糖还有些许温热，不宜立即装箱，倒是最好吃的时刻，咬下一口可以看到细长的糖丝，如果能咬到凝结的糖块就更好了。兄妹多，妈妈准备的冻米糖也多，每年都要做到夜深。我熬不住，吃过瘾了就自行上床睡觉。第二天一睁眼即看到地上一溜儿的坛子，里面满满的都是冻米糖，心里充满无可抑制的满足感。

　　或许我们真的是兄妹多，来年的春末夏初曾经满满的坛子几乎都见了底，再见小伙伴们吃冻米糖时就只能偷偷地咽口水。妈妈每年都说，明年我再多做点，可是来年我们依然比别人家更早吃完。人多力量大，吃的力量自然也无比强大。

又闻街上冻米糖飘香，而家里不做已有多年，记忆里的那份香甜却禁不住我一次次地想起。

卷三 〇 跟着时节吃一年 〇

从清明的螺蛳到元宵的龙

周华诚

清明要干什么，除扫墓之外，还要荡秋千，放风筝，吃青团，看花，吃螺蛳。螺蛳是螺蛳，田螺是田螺，不一样的。看花，可看紫云英、阿拉伯婆婆纳。周作人写越地风俗，清明上坟的船头篷窗下，总露出些紫云英和杜鹃的花束来，很有画面感。杜鹃在浙西山区，是要抬头看的。漫山遍野，杜鹃花漫不经心地开着，又红得招摇。看花，还可看梨花。于青黛的屋角，伸出一株梨树，那一树梨花白，顿时明亮了整个村庄。在我看来，梨花远比樱花好看。梨花，怎么说呢，美得厚重一些，沉稳一些。堂前看梨花，灶下起炊烟，梨花白，那是俗世的美。还可以想念梨子的味道。

青团，好像清明时节各地的人都要做起来吃。车前子写苏州的风物，说到青团，颜色青碧，用大麦草捣出来的汁和面制成，豆沙猪油馅。这是苏州人的吃法。周作人写故乡的食物与野菜，说到黄花麦果糕，应该也是青团，却是用鼠曲草来和面。

> 黄花麦果通称鼠曲草，系菊科植物，叶小微圆互生，表面有白毛，花黄色，簇生梢头。春天采嫩叶，捣烂去汁，和粉作糕，称黄花麦果糕。小孩们有歌赞美之云：黄花麦果韧结结，关得大门自要吃，半块拿弗出，一块自要吃。

我在台湾的九份老街上吃到阿兰草仔粿。草仔粿是闽南话的叫法，我打听过，它也是掺入了鼠曲草，遂有青草之色。这种鼠曲草身上有白色的细绒毛，浙西老家泥地里，堂前屋后都有，只是我没有吃过。我们做的青团，系用青艾叶制成，本地话就叫作"清明粿"。

常山人常采摘嫩艾来做清明粿。很久以前，我写过《艾香如故》，对常山人做清明粿的过程说得详细，现摘录一节：

> 将新鲜的野艾从田野里采来，用石灰水浸泡。

洗净后，和粳米一起捣烂磨浆；浆又下锅用慢火煮，水分挥发，越煮越稠，颜色也越煮越好看，变成纯粹的青；渐渐地，锅里就有了艾团；要不停翻动、捣开、搅匀，为防粘锅，在翻动的同时用一块猪皮在热锅上擦出油来……艾团熟透时，起锅，便用它直接包了馅儿来吃。有包成饺状的，用印花的木模子压成圆饼状的也有。颜色是鲜绿的。包在艾粿里的菜馅，多是用新出的竹笋、肉丁、雪菜、冬菜等炒熟了，包好时热乎乎的，直接可食，辣得很，我吃得头上直冒汗。

重要的信息是，常山人的清明粿，一定是辣的。常山人的清明粿没有"不辣"选项，也没有"微辣"选项。

清明粿，形状有些像大型的饺子，褶子如花边。我捏不出来。

清明粿放冷了也好吃。吃冷食的日子，是寒食节，是在清明的前一日，或二日。这一日禁烟火，只吃冷食。现在，寒食已经没有节了，与清明混在一处。但是古诗句里仍有。苏轼当年被贬黄州，过了第三个寒食节，写了《寒食帖》，现被收藏在台北"故宫博物院"。

晚明王思任，写过一首诗，与寒食有关，更与我家乡常山有关。诗曰：

> 石壁衢江狭，春沙夜雨连。
>
> 溪行如削马，陆处或牵船。
>
> 云碓滩中雪，人家柚外烟。
>
> 故乡寒食近，啼断杜鹃天。

清明吃螺蛳，也是我们常有的。汪曾祺老家江苏高邮，他说他们老家清明也吃螺蛳，谓可以明目。有趣的是，"孩子吃了螺蛳，用小竹弓把螺蛳壳射到屋顶上，咔嗒咔嗒地响。夏天'检漏'，瓦匠总要扫下好些螺蛳壳"。

我们吃螺蛳，不把螺蛳壳弄到屋顶瓦背上。许多人只将螺蛳壳倒在屋角。但是那满地的螺蛳壳，久也不烂，我见到也不免觉得有些落寞，恍惚有沧海桑田之感呀。

只好拿张板凳坐了。抬头，还是看梨花。这个时候，若想起年轻时发过的愿，赌下的咒，喜欢过的人，也就风清气朗。没有什么比这更好的了。

有人说，"浙江最道地的本土风味，都留在了县城"，这话是有道理的。《常山县志》记："四月八日，造青精饭，鬻于市，谓之乌饭。"老家的人在这一天，乌饭都是自家做的。乌饭叶山上就有，哪座山爬上去都不会落空。想着过两天就是四月初八，樵夫上山顺手就伐两枝来，自家留一枝用，邻舍送一枝去。这样的乌饭树，取了叶子，用石臼捣成汁，加了水，紫黑紫黑的。将糯米浸泡在乌饭汁里，一夜之后取出来炊熟，就是乌黑发亮的乌米饭了。如果再把糯米饭捣成乌饭麻糍，那就更有意思了。

为什么要吃乌饭呢，据说吃了能强身健体。这时节也是立夏前后，乡下田野里一片生机，过不了几天就要插秧，吃了乌饭，浑身有用不完的力气。力气，在乡下是很重要的资源，许多时节的习俗，都与增强力气有关。身体是革命的本钱，人们以节日的名义，多吃一点，吃好一点，才能有更多的力气投到生产中去。这是一种休养生息，一种调剂生活的哲学。

吃了乌饭，开秧门喽，几亩稻田等着你去插满青秧，持续繁重的体力劳动就要开始。感谢乌米饭——仅仅是一碗饭而已，加上一种植物的颜色，这一碗饭似乎就蕴藏了某种特殊的、意外的力量，它帮助着，鼓舞着人们，进入新一轮的劳作当中。周而复始，生生不息，劳作也永无止境。大地上的乌饭树，一片叶子里藏着人间好颜色，也藏着人间好情意。

　　端午俗称端五，对常山人来说，算个大节。

　　端午包粽子，大概是江南普遍的习俗。为什么要包粽子，小孩子都说得出来，为纪念屈原。从起源上说，这个节日本质上是有一点忧伤的。粽子的包法，各处还是有些不一样。北方的粽子，多是甜粽。甜粽以碱水制之，或放两粒小枣，蘸糖吃。咸粽就蘸酱油吃。越南的地方，花样越多。传统的广东粽子配料就有蛋黄、莲子、豆类、火腿、冬菇等，粽子的个头也大得多。

　　江浙的粽子，比广东粽子朴素些，比北方的又精致些。最有名的是嘉兴粽子。苏州粽子也有名，以箬叶或菰叶裹之。杭州城北塘栖镇上，汇昌粽尤为有名。一般人只知塘栖枇杷，不知汇昌粽。不同于嘉兴粽和湖州粽，汇昌粽比较有特色，有斧头粽、枕头粽、尖角粽和猪脚粽等多种；在制作工艺上，汇昌粽以五花肉、绍兴酒、土糯米、青竹叶为原材料；在蒸煮过程中，又强调"千滚不如一焖"。一百只粽子放入加有老汤的铁锅中耐心煮，食来口感鲜糯，回味无穷。

在江南，端午这天不吃粽子，说不过去。裹粽子，煮粽子，在端午都是大事情。端午前几天，村里人就把收着的干箬叶放在水里浸泡，泡软了，好裹粽子。也有去山上采新鲜箬叶的，新鲜箬叶包裹的粽子，煮起来自有一股草木的清香。

母亲裹的粽子，跟胖乎乎的嘉兴粽子不一样。母亲包起来的是修长的一只，四只角。裹粽子的绳子，也是粽叶做成的。将粽叶分成很多缕，晒干，又浸了水，韧性十足。母亲喜欢把粽子裹得实实的，粽叶绳子扎得紧紧的，柴火灶里大锅煮着。煮得半小时出来，满室飘香，都是粽子香。

江南人过端午都很隆重，《清嘉录》卷五记道：

　　五日俗称端五，瓶供蜀葵、石榴、蒲、蓬等物。妇女簪艾叶、榴花，号为端午景。人家各有宴

会，庆赏端阳。药市、酒肆，馈遗主顾，则各以其
所有雄黄、芷术、酒糟等品。百工亦各辍所业，群
入酒肆哄饮，名曰"白赏节"。

对于孩子来说，端午还要在手腕、脚腕上系五彩丝线，
谓之"端午线"。据说这是从宋代传下来的习俗，也叫作
"长命缕"，在端午这天系上，一直到六月初六那天丢到瓦
背上，让鸟儿衔去。也有别的地方的说法，是在端午节后的
第一个雨天，把五彩线剪下来扔在雨中，会带来一年的好
运。"端午线"和在小孩子额头用雄黄酒写个"王"字一
样，久已不作，习俗渐渐也会湮灭，只有粽子还是年复一
年，在端午节必然会出现。现在的端午，因为临近高考，据
说有的地方，老师或是家长会在门框上系一个粽子，让孩子
经过时高高地蹦起来，用头去顶一下——这是新的习俗，寓
意"高中"，也很有意思。

有一次，我到杭州北面的小镇塘栖去，发现那里的粽子
很有趣，居然有雌雄之分。老人家说，以前姑娘、小伙们的
定情物就是粽子。相亲之日，小伙子带的三角粽，是雄粽，
姑娘带的刀斧粽，是雌粽。小伙看上谁家姑娘，就把雄粽递

到那个姑娘手里，如果那个姑娘也中意，就会把雌粽回赠给小伙。从粽子入手，一场淳朴的爱情就开始了。

常山的习俗里，姑娘、小伙定了人家，到了端午、中秋是要送节的。这一天，小伙子挑一担东西，送到姑娘家去，一般有肉有酒，有面有烟。面是索面。端午时候就送粽子，中秋就添上月饼。送端午的人，挑一副箩筐的担子穿过田野间的路，步行很远，送到女方家里去，这个过程有一种悠远的情意在。我小时候还经常见到这样的情景。那时候乡下没有电话，也没有摩托车和汽车，见面聊天都不容易。只有到了这样的日子，女方在家里眼巴巴地等着，等着意中人挑一副沉沉的担子出现。若是路远，或是下雨，远方的人久等未到，不知道她是怎么样的一种心情？而挑担的人，在这样的远路上走着，一步一步，愈来愈接近喜欢的人，心里应该会有无限的欢喜。

这样的担子里，除了粽子和烟酒，也会藏着一条五彩丝线吧。等到无人注意的时候，悄悄地系到女方的手腕上。

以前我都不知道，常山还有"六月六"这么一个说法。

古书上看过，知道这一天应该晒书。到了六月初六，我也找几本古旧的书翻出来晒晒，附庸一下古人的风雅。只是，值得晒的好书、老书不多，大多数新书晒不出什么感觉来。

乡下的屋子在山脚下，书房也在一楼，紧接着地气，潮气自然也重一些。到了六月初六，也就把书房里的书啊，字画啊，搬出来晒一晒。母亲倒是会把橱柜洗了，也拿出来晒。要是烈日炎炎，便把被子、衣物也搬出来，架在长条凳上曝晒。乡里人有意思，说是六月初六晒东西，谁都不能免俗，便是皇帝老儿，也要把龙袍拿出来晒的。这样一说，大家便欣欣然地，回去把种种东西都搬到太阳底下来了。

东西搬好晒开，人也累了，拿一本书边歇边读边晒，不一会儿困意袭来，也在阳光底下睡着。

六月初六，还要打烧饼来吃。此时新麦已经收割回来，新磨的面粉是很香的。在常山，这些年种小麦的人已不多。从前是冬小麦一季，五月底六月收割过后种上晚稻，又是一季。常山的烧饼很有特色，是常山一绝，现在大家能在常山的街头吃到。乡卜自家的烧饼，用什么馅料，怎么做，各不相同。有豆腐就打豆腐烧饼，有肉就打肉烧饼，有萝卜丝就打萝卜丝烧饼，一概要加上很多辣椒；自己揉的面筋道，韧韧的，自己做的馅用料足，满满的，一个烧饼也是大大的。大锅里下了油。此时用的是菜油，也是新打的，喷香扑鼻。锅里几只锅饼烙起来，叫人垂涎三尺。

母亲说，端午时系在孩子们手腕、脚腕上的五彩丝线，这一天就可以解下来，用一点面团包着揉起来，做成烧饼的样子，丢到瓦背上去。之后，会被鸟儿衔走，大概五彩丝线会把一切不好的东西让鸟儿带走。

母亲也只有一个依稀印象，到底是个什么说法呢，母亲记不太清楚了。她说要等有空时，去问问村里比她年纪更大的老人家。母亲六十岁了，很多习俗上的事情，她知道有那么一回事，也说不太清楚为什么。或者有些事情已经不多见了。譬如端午的五彩丝线，如今还有哪个孩子会系呢？所以六月初六做烧饼的时候，也不会想着要把丝线做在烧饼里，丢到瓦背上去了。

午后，母亲果真去向村中老妪请教，回来告诉我一个新的说法——五彩的端午丝线，到了六月初六那天系在一根肉骨头上，丢到瓦背上，鸟儿衔了，好做巢去也。

我记得以前写过关于醅糕的文章，想了半天，也想不起是什么时候的事情了。常山的醅糕，我是很喜欢的，若有外地朋友来到常山，我一定会给他们推荐尝一尝。

醅糕，用米浆发酵制成。把大米洗净，放在水中浸泡，大约需要一天，直到米粒泡涨为止，再把适量的酒糟拌入桶中，拌匀了，再用石磨把米粒磨成浆。这一步，十分重要：水量要适宜，米浆不要太浓，也不要太稀。磨好的米浆静置在桶里，等着它慢慢地发酵。发酵的过程，天热则快一些，天凉则慢一些。夏天需一两个小时，冬天需三四个小时。我的母亲经验丰富，总会看桶中的状况，待米浆表面冒出一个一个的小气泡，时机成熟，就可以上锅蒸了。

蒸醅糕的时候，小孩子们就候在灶边了。此时，竹制的蒸笼，隔水搁置在大锅中，水沸；大柴灶的火膛中，火旺。蒸笼里铺一层纱布，舀取几勺米浆，估摸着厚薄差不多就行。然后，在米浆上，均匀地撒上原先就备好的菜料，再把锅盖上。孩子们咽着口水，等待醅糕的出锅。

常山县城的早餐店里，并不是每一家都有醅糕卖。因为醅糕的制作过程甚是烦琐，乡下人一年到头的日常里，也并不是时常会做这一种东西来吃，一定要做醅糕的只是七月半、九月初九这两个节日。七月半，也是中元节，传说这天地府放出全部鬼魂，民间有祭祀鬼魂的活动，所以也是"鬼节"。说到七月半，读过一些书的人一定会想到张岱的《西湖七月半》："西湖七月半，一无可看，止可看看七月半之人。"与熙熙攘攘的人群不同，张岱有自己的玩法。夜深之后，人群散尽，"韵友来，名妓至，杯箸安，竹肉发。月色苍凉，东方将白，客方散去。吾辈纵舟，酣睡于十里荷花之中，香气拍人，清梦甚惬"。

其实不只在西湖，倘在常山的东明湖，张岱也是可以这样赏月的。等到清晨鸟鸣将他叫醒，他可以悠悠然地下船，走到城南去吃一笼醅糕了。

中秋节最重要的两件事，一是赏月，一是吃月饼。而母亲说，八月半我们还要捣麻糍吃。对于家乡的习俗，我虽然关心，但一直记不住，至今不明确何时才是吃麻糍的节令，依稀记得似乎在中秋、十月初十或冬至吧。如今吃东西不讲究节令，想吃了便可以做来吃，似乎没那么有仪式感了。不过在母亲看来，一个时节做什么吃的，她心里自有一份清单。

做麻糍，大概我乡与别处差不多。大柴灶里烧旺了火，将水煮沸，用饭甑把糯米蒸熟。饭甑这物现在少见，从前是煮饭必用的炊具。现在不用饭甑，用电饭煲也没有问题。蒸糯米饭之时，可舂一些芝麻粉，拌糖备用。等到糯米蒸熟，整甑端出，倒入大石臼中，我执木杵，母亲持净水。我高高地举起木杵，一次次击下，将饭粒捣烂，母亲则不时将白白的麻糍翻个身。舂麻糍时，木杵一端须不时蘸水，免使饭粒粘杵。数百下后，麻糍还是滚烫，石臼中已是一团绵烂。此时摘出一小块，放在芝麻糖内翻滚几下，吃起来软韧香甜，美味可口。

以前乡人说，麻糍很补人。麻糍沉实，吃后不易饿。以前的月饼又大又重，其实也是沉实的食物。若是一个月饼下肚，可能郁积胃中半天不得消解。所以现在的月饼越做越小，一口刚好能吃掉的那种最好。

说到赏月，常常会有疑惑，一年四季都有明月，为何偏要在中秋赏？有人试图解释这个问题：

> 月之为玩，冬则繁霜太寒，夏则蒸云太热，云蔽月，霜侵人，蔽与侵，俱害乎玩。秋之于时，后

夏先冬；八月于秋，季始孟终；十五于夜，又月之中。稽于天道则寒暑均；取于月数则蟾魄圆。

这是从天气与养生的角度来诠释中秋赏月。

民间中秋赏月的活动，约始于魏晋时期，但未成习。到了唐代，中秋赏月、玩月颇为盛行，许多诗人的名篇中都有咏月的句子。宋时已然形成以赏月活动为中心的中秋民俗节日，正式定为中秋节。《东京梦华录》有记：

> 中秋节前，诸店皆卖新酒，重新结络门面彩楼。花头画竿，醉仙锦旆。市人争饮，至午未间，家家无酒，拽下望子。是时螯蟹新出，石榴、榅桲、梨、枣、栗、孛萄、弄色枨橘，皆新上市。中秋夜，贵家结饰台榭，民间争占酒楼玩月。丝篁鼎沸，近内庭居民，夜深遥闻笙竽之声，宛若云外。闾里儿童，连宵嬉戏，夜市骈阗，至于通晓。

这真是令人神往的京城中秋之夜，其热闹与繁华，几乎不逊于当下，可见中秋赏月的习俗源远流长。此时此刻，花前月下，月饼自然也是要吃的。苏东坡诗云："小饼如嚼月，中有酥与饴。"南宋的周密，在《武林旧事》中也提到"月饼"之名，"小饼""月团"指的都是月饼。

月光是引人遐想的。

明人陈继儒，编有一部短篇杂俎类笔记《珍珠船》，其中有一则故事很有意思。说的是唐朝太和年间，有个周生在洞庭山结庐，懂得道术，常救济吴楚贫民，人们都很敬重他。有次他远行，在广陵停留，住在佛寺，恰逢几个游客投宿。时值中秋，晚上天气凉爽，月光皎洁，周生和大家一边闲聊一边赏月。席间，有人说起唐玄宗游月宫的故事，说着说着，众人叹息："可惜我们这些俗人，是去不了月宫了！"周生笑道："我曾拜师学道，懂一些道术，能把月亮摘下来放到怀里，供各位一玩。"

周生让人空出一间屋子，把四面墙壁及窗子遮住，不让它们有一点缝；又让人拿来几百双筷子，用绳子把筷子捆绑成一架小梯子。他告诉大家："我要登这梯子摘月亮，你们听到我呼唤，就可以来看了。"

过不多久，周生果然取了月亮，放在怀中。他从屋子里走出来，把衣服掀起，怀中露出半边月亮来，顿时四壁通明，如有月光照耀，寒光浸入肌骨。

古往今来，人们对月亮有着无数美好的想象，登月的梦想也如影随形，从未消失。而周生居然可以用筷子搭成云梯，直上九天揽月，摘取那最诗意和缥缈的月亮。尽管这只是一个故事，但是让人光想想，就已经足够激动了。

艺术家蔡国强，也做过一架"天梯"。他的天梯是用焰火搭成的。少年时仰望天空，很多人都有摸星摘月的梦想，但是随着慢慢长大，再不会做这样的梦了。只有蔡国强像个孩子一样执着，二十多年间，在世界不同的地方屡试屡败，屡败屡试，最终搭了一架天梯，辉煌闪亮的道路，在黑暗的夜空里，一直延伸到月亮上。

中秋节的常山，可赏月的地方甚多。首先是在常山江上。这是一条宋诗之河，若在江上一舟中悠悠荡荡，众人见天上一轮月，江中又一轮月，共吟月宫之诗，听月光之曲，大妙。其次是在黄冈山万寿寺中。独对古人之月，觉世间清寂如此，心宇同此澄澈，亦大妙。再次是在稻之谷民宿，诸友雅集，对月听虫，饮茶酌酒，不知不觉夜深，一时无话，唯夜空辽阔，星际浩渺，亦妙。

此时，我们一起无论做着什么，倘也能揽来一怀的月光，将是多么的美好。

十月初十是个什么节，我搞不清，母亲说也要打麻糍。网上搜了一下，壮族在十月初十过"新米节"。这倒是很有意思的。我们以稻米为主食的地区，很有必要庆祝"新米节"这样一个节日。万物生长，秋天稻子成熟，收获之后第一件事应该是共尝新米，同时对土地表示感谢。"父亲的水稻田"新米收获，通常也会在第一时间与稻友们一起，品味新米的香气，分享收获的快乐。

有的地方，农人们会在十月初十把糯稻在七八分成熟时收割回来，在热水锅中过一下，晾干舂壳后，用手捧着吃。这时候的糯稻，呈新鲜的碧绿色，有强烈的新稻香。这叫作"吃扁米"，也是壮族的风俗。

但是在我们老家这儿，十月初十是什么节呢？原来从我们村口开车十几分钟，就能到达邻市江山的大陈乡。此地有个"麻糍节"，已是浙江省级非物质文化遗产。因为距离较近，我们村有许多人常常去大陈乡抓猪崽，买肥料，或者赶个集。日子长了，两地同俗。每年十月初十的"老佛节"，据说已沿袭数百年。其起源于民间秋收后，农人们庆祝丰收、祭拜天地神明的仪式。看来，这也与遥远的壮族的新米节风俗大致相同。在大陈乡的"老佛节"上，按照传统，家家户户都要摆酒席，还要扛着神像游街，也要打麻糍，与众人分享。后来，许是嫌"老佛节"的名字有些封建意味，当地人把十月初十定名为"麻糍节"。每年这一天，农人们自筹资金，自导自演，搞一台晚会。很多外地客人都会去参加活动，热闹极了。

我觉得，还是把十月初十叫回"老佛节"好一些。要不然，以后大家虽然知道是要吃麻糍，而为什么吃麻糍，却不甚了了。虽然如今春节、端午、中秋、冬至或是任何平常的一天，人们都尽可以打了麻糍来吃，但是因为意义的不同，麻糍便有了不同的滋味。

都说是"冬至大如年"，怎么个"大"法，在城里上班的人都不知晓。很多传统的节日，都依农历计算，现在的人照着公历过日子，并不记得农历今夕何夕。此外，很多传统的节日并没有假可放，忙忙碌碌之间，稍不注意也就过去了。冬至便是如此。《东京梦华录》说：

> 十一月冬至。京师最重此节，虽至贫者，一年之间，积累假借，至此日更易新衣，备办饮食，享祀先祖。官放关扑，庆贺往来，一如年节。

这是宋时的冬至。现在推崇"宋韵"，假如人们可以穿越，我也很愿意穿越到宋朝去过一个节。那时，冬至也是祭天祭祖的日子，皇帝在这一天要到郊外举行祭天大典，百姓在这一天要向父母尊长祭拜。这一习俗，延续到今天，便是常山人在冬至这天，都要上坟祭祖。村庄外围，鞭炮声零星地远远地传来，那便是祭祖时所放的鞭炮。

说到冬至进补，有些地方会吃羊肉。全国各地的羊肉，好的很多，可以专门成文一说。即便在浙江本省之内，嘉兴和湖州的羊也都不错，我在桐乡吃过咬强羊肉面，念念不忘。"咬强"，在桐乡话里就是"阿强"的意思。他们家的羊肉面，在当地也是当之无愧的老大哥，现在开了不少分店，连杭州也有了。但是在我的家乡常山，似乎并没有一家店，是专门吃羊肉，或是吃羊肉面的；许多人受不了羊肉的膻味。

那么，常山人在冬至吃什么呢？答案很简单，也就是杀鸡宰鸭。常山人在传统的节日里，鸡鸭鱼都是必不可少的肉类。当然，这些也不是什么稀罕之物，在烟火人家的日常饭桌上，也常见这些个花样。亦如北方人喜吃的饺子一样，以前是过年才吃的，现在是顿顿都可以吃了。

腊月里，村庄里的年味浓起来，该办的年货都要办了。屠夫开始异常忙碌，他的日程排得满满的。譬如，人还在这家忙活着，就吩咐下一家开始烧水，做杀猪前的预备工作。

过去，乡村的日子并不宽裕，许多人家一年到头难得吃上几回肉。家里养的猪，也是为了卖掉，好贴补家用。即便是杀年猪，也鲜有整头猪自家留着吃肉的，而是自家留一小部分，其他的肉，就略低于市价，分给杀不起年猪的乡邻亲戚。后来大家的日子渐渐好了，才开始吃一头年猪。

杀猪是一件欢乐事。一户杀猪，几家人都会来围观，青壮年男子则上来搭把手。猪养得肥，一头有二百多斤，劲道也大，没几个人根本抓不住。从抓猪开始，三四个男子合围，发力，终于把猪扳倒在地。然后四脚套绳，抬上案板。屠夫技艺娴熟，不一会儿就把猪放了血。好的屠夫，不会浪费一点材料：猪血、猪肉、猪头、猪下水、猪尾巴，一样一样，分门别类。庖丁解牛，赵丁解猪，熟练得很。杀猪的、看热闹的、帮忙的，大家七嘴八舌，抽烟的抽烟，说笑的说笑，孩子们则满地乱跑，特别欢乐。

这头还在解猪，那头屋里主妇已经拿着刚割的肉下锅了。炒上两碗猪肉大家分吃，孩子们都能尝到喷香的肉了。等到吃好出来，杀猪的人已经洗完手了。只见一刀刀雪白的猪肉已用棕榈叶串好，挂在竹竿上。一支烟还没有抽完，他又跨上自行车，往下一家赶去。

杀了猪，除了炒肉，炖一锅红烧肉是必不可少的。一锅热气腾腾泛着肉香的红烧肉，是一个很好的预示：有肉吃，生活富裕呢；有红烧肉吃，生活红火呢。

二十年前，我们家杀年猪，留十来刀肉新鲜吃，再把十来刀肉，用酱油渍过，挂在竹竿上阴干，那是酱肉；还有两三刀肉，会用盐巴抹过，就是咸肉。这样分别处理过的肉，可以一直吃很久也不会坏。整个正月，当然是吃新鲜肉。到了春天，吃酱肉和咸肉，不管是炒或蒸，都是喷香四溢。春天新笋出土，用笋块炖咸肉，鲜得人舔鼻子。把咸肉切成薄薄的小片，覆在萝卜丝上蒸，蒸出的油浸润着萝卜丝，那叫一个好吃。

我写过一篇文章《甜夜录》，记录的就是那些冬天里的甜蜜的夜晚——也是孩子们最热爱的夜晚。

做米爆糖的夜，空气是甜滋滋的。父亲早早地买了白糖，以及麦芽汁——我们叫"糖娘"，不知道为什么叫糖娘。母亲早早地炒好了米花。晒干的大米，在铁锅里用细沙同炒，米粒纷纷怒放成花，一朵一朵，纷纷扬扬。在黑色的背景上竞相开放的白色，那么好看。

做米爆糖的师傅会趁着夜色到来。米爆糖师傅在村庄里为数不多，他们掌握的秘密一般人无法知晓。他们入夜行走，披星戴月（有时披霜戴雪），穿越广阔的田野，长长的木桥，穿越零星的狗吠，遥远的鸦声，走三四里路，去某一户人家。

做米爆糖需要极高的技巧。灶膛里大块的劈柴熊熊燃烧，热气散发出来，把人暖得睁不开眼。一只猫，早早地蜷在灶后的猫耳洞里，舒适地打着鼾。此时糖在锅里，糖娘在锅里，米花在锅里，一块儿搅动起来。当米花与糖搅到一定程度，迅速地取出，热气腾腾地，倒进木案上那个"口"字形木架子间。穿上新鞋子的人，站上案板，去踩。踩那些米爆糖，直到它非常坚实。然后动刀，先切成条，再切成片。嚓嚓嚓嚓，嚓嚓嚓嚓。

等到孩子们第二天醒来，一排一排的米爆糖，早就整齐地躺在案板上，散发着好看的光泽。一只一只的洋油箱，装得沉沉的。

有米爆糖的冬天，令人感到心满意足。确实，这种甜食会让人产生幸福感。尤其是要过年了，米爆糖的香味与甜意，让人觉得生活充满了甜头，也拥有了奔头。从前乡下好吃的东西不多，现在超市开得蛮大，商品琳琅满目，大家再不缺吃的了，更不缺甜食，想吃什么，随时可以买到——然而，买来的米爆糖，怎么就少了些感觉呢？

从去年冬天开始，母亲说，米爆糖还是要自家做一点。村里好多人家也是这样，十几年没做过米爆糖了，这两年又纷纷自己操持起来，也不嫌麻烦了。我觉得，是不是大家又对"过年"有了更多的期许？

这就说到过年了。无疑对于老家人，这是一年到头最重要的节日了。《常山县志》记：

> 除夕，换门神，贴春联，备牲礼，放花爆，祀神祇，曰谢岁。设肴蔌饮酒，曰饯岁。尊长选大钱分赐卑幼，曰压岁。一家团坐达旦，曰守岁。门户以甘蔗撑门，谓之节节高焉。

过年的习俗，我乡与别处大抵相似，唯有吃的一些方面，本地的风格较为明显——依然是一个辣字。

一桌年夜饭，不辣都不开席。不辣还是常山菜吗？不吃辣还是常山人吗？沿海甬台温的生鲜，萧绍平原的清淡，杭嘉湖的温文，相比之下，三衢大地的饮食，唯有用"热烈"二字可形容。常山犹有山乡特色，红的红，绿的绿，煮的煮，炖的炖，厚钵载物，大碗盛肉，这是一个山乡人家的中国年。

山乡有什么——竹林的笋，山上的菌菇，枝头的果实，园子里的菜，还有那溪里的鱼，满山飞奔的鸡鸭，自家养的猪。山里人也要吃鱼，尤其是年夜饭，更作兴"年年有余"，桌上必有一道鱼。最好是鲤鱼。鲤鱼可以跳龙门。山里有溪，小鱼不稀罕，大鱼才难得。越少越珍贵，鱼就成了年夜饭的重头戏。以前地主家才有大鱼可吃，吃完大鱼，顺手把鱼尾巴贴在板壁上，如同奖状。

至于鸡鸭，那是年夜饭及春节餐桌上的标配，必不可少。鸡是满山跑的，鸭是溪里吃螺蛳长大的。各炖一炉。油腻腻的大猪蹄，炖一炉。油汪汪的红烧肉，再炖一炉。油豆腐、咸肉、笋，再炖一炉。灶下，炖了这样一钵一钵的食物，炭火噼啪，浓香四溢，就像个过年的样子了。

此外就是小炒。萝卜丝炒牛肉，肉切得细碎，萝卜丝旺火一炒，哗哗哗三大勺干辣椒，一大把鲜辣椒，直看得人心惊胆战。常山人的做法，牛肉多是用萝卜丝炒。这样的一碗菜端上桌，管他屋外朔风劲吹、冰凌二尺，只要一箸入口，立马浑身冒汗。

再譬如，腊肉炒冬笋、肉片炒蘑菇，辣椒都是重要配角。肉，自然是丰富的。自家杀了年猪，各种肉条挂满檐下，比如腊肉做几条，酱肉做几条，咸肉做几条，制法不同，风味也不同。还有猪大肠一副，猪头、猪耳朵、猪尾巴一副。凡此种种，变着花样炒出来，整个正月都有不少下酒菜。

过年的时候，炖的鸡、鸭、猪蹄之类，老实说，并不十分受欢迎。于是一炖再炖，直到肉质变柴，直到硬硬邦邦。然而每有客人来，依然要隆重地整罐端出来，同时热情地请客人享用。客人只好委婉推辞。我小时候去外婆家拜年，外婆一定会把其中的大鸡腿夹出来，放进我的饭碗里，为了避免我再夹回去，还要拿鸡腿在饭碗中搅两下。看着粘满了饭粒已炖过很多次的大鸡腿，我百般无奈，一边纠结，一边勉力吃完。

至于虾或蟹，从前自然是没有的。山乡远海，我记得小时候吃过的海鲜，只有海带、带鱼这两样。海带是卷成一团，沾满了盐粒的干货，带鱼也是咸得非同寻常，这样远距离运输才不会变质。小时候偶尔能吃到淡菜干。淡菜干煮芋艿是乡村酒席上一道常见的菜，大锅煮出来，真的是咸香飘荡，十分诱人。淡菜干，也是海里来的干货。那时我便觉得，天下美食，非淡菜干莫属。大闸蟹或虾，是很多年以后才出现在我家的年夜饭宴席上的。大约是20世纪90年代中后期，父亲单位发的年货里，有鱼、虾、蟹和墨鱼之类的。又过了几年，各种各样的海鲜，在市场上都能买到了。

然而，海鲜终归也要根据乡人的口味进行改良化的烹饪。蟹呢，时兴用年糕切片，放辣椒炒出来。虾呢，红烧，放葱姜蒜，再放辣椒。墨鱼这种东西，当然也要重油重盐，切成丝，爆炒，一大把辣椒，红红火火。

过年时，还有最传统的一道菜——八宝菜。干萝卜丝、芹菜、千张、笋、冬菜，还有别的，七七八八，一道炒起来，特别爽口解腻，也尤其适合用来清晨过粥。这道菜，在常山有多受欢迎？通常一炒就是一大罐子，有七八斤吧，往往没两三天就吃完了。就这么一道最为普通的小菜，几乎美食都称不上，却是家家户户春节期间必备的良品。

年夜饭的宴席，炉子罐子，大碗小碟，总是摆得满满当当。其中最有特色的是母亲做的素鸡。肉末、芋艿、豆腐之类的馅料，包在鸡蛋皮里，做成长条状，放在蒸笼里隔水蒸。刚蒸出来的时候热乎乎的，那叫一个香。不待上桌，母亲就会切下一块来，让我们每个人手上拿一块吃。这个素鸡，据我调查考证，并不是常山各处都有，只在白石钳口这个片区才有。母亲的手艺，每每让我们大饱口福。如果要说年味，这一道素鸡，可谓我们家年味的代表之作。

正月初一，一碗面。这碗面是索面。我写过一篇文章《一碗乡愁的面》，当年刊发在《杭州日报》的新闻版面上。报社记者们回老家过年，不能闲着，带稿子回来几乎已成惯例。栏目名字是《新春记者基层行》，"本报记者周华诚发自衢州市常山县"，兹录于下——

正月的第一天，是被鞭炮声催醒的。乡村的夜晚从来没有这么喧闹过，鞭炮声从零点的集中爆发之后一直稀稀落落地持续，到了清晨五六点钟，村庄中全面响起的爆竹声已经把每一个人从睡梦中叫醒。

正月初一的开门爆竹，是要赶早的。一年之计在于春，一日之计在于晨，新年的第一个早晨，早早开门预示着一个美好的开始。

厨房里传来碗锅叮当声，乡下老屋梁高，鱼鳞瓦片下，整个厨房氤氲一片白色的雾气。雾气中，一年到头从不下厨房的父亲，腰上别着围裙，正笨手笨脚又满脸喜气地忙着往沸水锅中下面条。

我的老家在浙西的常山乡下。正月初一这一天，都是父亲下厨。母亲在厨房一年忙到头，正月初一这一天落得个轻松，当起甩手掌柜，充任"艺术总监"现场指导工作。这一天，母亲同样不缝缝补补，不洒扫庭院，不下溪浣衣，不下厨烧煮。就连早上这一碗长寿面，也是由父亲来煮的。

正月初一头一顿，年年都是老花样：一碗长寿面，一盆煮年糕。年糕是自家舂的，初一必吃，寓意"年年高"，似乎各地大同小异；一碗长寿面，却与别处不同，颇有些说头。

老家常山的长寿面，俗名"索面"，也称贡面，素来有名，据说历史上是进贡给朝廷的——但凡地方特产，都有一些真假难辨的传说——说是宋朝太祖皇帝赵匡胤极喜食此面，"贡面"因此而名。这种面，纯手工制作，工艺复杂而讲究，一般人很难掌握这项技艺。一大坨面团，经过揉粉、开条、打条、上筷、上架、拉面、晾面、盘面等十多道工序，十八九个小时方成。最后捆成丫鬟的"8"

字形发辫一般，丝丝纤细。

上梁、乔迁、生日等大小喜事，老家人都要煮索面吃。正月初一早晨，索面是最为隆重的出场。正月里头拜年，客人刚进门，头一件事也是请吃一碗索面。那碗热辣辣油汪汪的索面，是最热情而质朴的待客之道。

我们来到厨房，父亲把早已准备好的面条下锅——此时，一锅水已然是煮沸多时了。父亲和母亲就在柴火灶前坐着，说着闲话，等着我们起床。灶台上已经摆好了一排大碗，这是面条的汤料。这汤料里是猪油、生抽、生姜末、红辣椒、葱段，红的红，绿的绿，白的白，黄的黄，令人赏心悦目。面条下锅前，舀取一勺沸水，把碗中的汤料泡开。此时，绿的葱段和黄的生姜、红的辣椒，浮在油花上面，十分诱人。

索面在沸水中，最多煮半分钟即可，长长的筷子捞起分到几碗中。小时候，妹妹要挑最小碗的，弟弟要挑最大碗的。妹妹是胃口小，弟弟是爱吃索面。而今，我们兄妹都已成家，各自带着另一半和

孩子回来，有的吃辣，有的不吃辣，有的要大碗，有的要小碗，众声嘈杂，煮面的同时更多了几分欢乐和喧闹。

面已煮熟，我们各自端了一碗，鱼贯而出，到厅堂吃面去。这只是一碗普通的索面，却实在不是一碗普通的索面。在春节这个中国最隆重的节日里，除夕年夜饭是一个笔墨饱满的句号，而我们老家正月初一早晨的这碗面，可视作一个揭示开始的逗号。等到春节长假结束，我们离开家乡各自奔赴不同的远方，在之后所有的漫长时光里，我们都会无比怀念那一碗面，那一碗正月初一早上的、无比简单却无比温暖的、煮进了无尽的乡愁的索面。

当下的中国，正处于一个人员大幅度迁徙的年代，东部与西部，城市与乡村，无数人围绕着"故乡"这个原点，以"春节"为周期，持续着射线状的出发与回归的流动。而在这样的流动里，始终牵系着我们情感，使我们不致漂泊无依的，是一棵生于故乡土地的大树，是所有那些普通而琐碎的节日习俗。

所以，往大了说，我家正月初一这碗面，便是故乡的一部分，便是美丽中国的一部分。

正月里，顿顿鸡鸭鱼肉，菜目繁多，就不必细说了。乡下过年总是这样，每一顿都有许多的菜，每一顿总是会有大半的菜吃不完。一顿一顿吃下来，不知不觉胖三斤。

还是说一道菜吧，往往是过年期间最受众人欢迎的——滑肉汤。这是常山的特色菜，也是母亲的拿手菜。做滑肉极费工夫，却省料，大块肉能做出一大碗滑肉汤来。做这道菜，最重要的工作在烧之前，一个字，敲。把带着点儿肥的肉切片，用上好的生粉裹挟着，用锤子慢慢地耐心地敲，敲至薄可透光。生粉就是淀粉，即番薯粉。番薯粉与肉同敲，粉入了肉中，肉给粉以点睛，二者你中有我，我中有你，荤与素的结合成就了一个传奇。

肉敲好后，在汤中稍煮即熟，再加入菠菜或番茄，加干辣椒、蒜叶或葱段少许，在起锅前再加少许醋。这么一道菜，汤汤水水的样子，不仅味道极其滋滑鲜美，而且十分爽口解腻。一碗下肚，必然还要接着再来第二碗，简直不是一般的受欢迎。

常山的滑肉，其实跟温州的敲鱼差不多。只不过，温州的敲鱼选用的是近海鱼或鲜黄鱼，去鱼头、鱼尾，切成薄片，蘸上干淀粉，用木槌慢慢地耐心地敲成薄片，再放在沸水里煮熟。常山的滑肉，敲的是肉片。肉片敲成薄薄的，沸水里一汆就熟了。两地的饮食习惯不同，温州人不吃辣，口味清爽，敲鱼一般用清汤煮出来，最多下几片香菜叶。我家乡的滑肉，会用生粉勾芡，再下辣椒粉、生抽、陈醋，吃起来过瘾。这两种做法都好，可以相互借鉴。尤其是在过年的时候，大家猛吃海喝，这个时候来一碗滑肉汤，绝美。

一转眼就到了元宵。元宵是春节的最后高潮。如果说除夕是一家一户内部的热闹与团圆，那么元宵就是家户之外广场上集体的狂欢。元宵夜要做什么——吃元宵，赏花灯，舞龙，舞狮子，赏月，放焰火，猜灯谜。适合集体进行的游戏，都可以在这一晚组织。人们把所有积蓄的、未及释放的热情，都在这一晚释放出来。过了这一天，春节就算结束，大家各奔东西，又要多久才能相见。

"去年元夜时，花市灯如昼。月上柳梢头，人约黄昏后……"这是元宵之夜的情景。元宵的第一件事是赏灯。我在衢州的报社上班的时候，每年元宵节，火车站广场上都会举行元宵灯会，也真是"花市灯如昼"了。关于元宵的灯节，各地差不多，汪曾祺回忆自己故乡高邮的元宵节——

不过元宵要等到晚上，上了灯，才算。元宵元宵嘛。我们那里一般不叫元宵，叫灯节。灯节要过几天，十三上灯，十七落灯。"正日子"是十五。

各屋里的灯都点起来了。大妈（大伯母）屋里是四盏玻璃方灯。二妈屋里是画了红寿字的白明角琉璃灯，还有一张珠子灯。我的继母屋里点的是红琉璃泡子。一屋子灯光，明亮而温柔，显得很吉祥。

老舍在《北京的春节》中写户外的灯火——

正月十五，处处张灯结彩，整条大街像是办喜事，红火而美丽。有名的老铺子都要挂出几百盏灯来，各形各色，有的一律是玻璃的，有的清一色是

陪花再醉一会儿

牛角的，有的都是纱灯，有的通通彩绘全部《红楼梦》或《水浒传》故事……

家家户户，灯火全开，一夜通明。地上有灯，天上有月。灯与月同赏，天上人间俱在一处了。

元宵第二件事是吃元宵。元宵也叫汤圆，是一种糯米面揉制的圆形食品，有甜的，也有咸的。杭州这边都是吃甜的麻心汤圆，也叫宁波汤圆。取的是团团圆圆的意思，很吉利。我们家乡在元宵夜，吃的也是甜汤圆，一碗汤圆，甜甜美美的。吃完了汤圆，再上街去看耍龙灯。龙灯各式各样，有用稻草扎的，也有用竹篾、木头或是布、绸等扎成的，也有用板凳拼成的；龙的节数以单数为吉利，多见九节龙、十一节龙、十三节龙，多者可达二十九节。只不过，十五节以上的龙就比较笨重了，不宜舞动，主要用来观赏。一条龙，需要三四十个精壮汉子操持。他们从各地乡镇进城，大寒天里，舞龙的人穿着背心，身上也热腾腾地冒出汗来。

耍龙灯那天，全城禁止车辆通行，街道上人山人海，摩肩接踵。十五六条龙走遍全城，部分街道上鞭炮喧天，烟花照亮浙西小城的夜空。这样的闹猛，要一直持续到零点以后。

等到龙灯散了，人群也散了，这春节才算真正落幕。看灯看龙的人走很远的路回家去，再吃一碗汤圆，或再吃一碗索面，热热乎乎，心满意足地睡觉去了。

这几年因为新冠肺炎疫情，元宵看龙灯的活动已经消失很久了。想起来，还颇有一点令人唏嘘不已。

　　　　　　　　　　　陪花再醉一会儿

一碗米饭的味道

何婉玲

耘田

端午时节，秧苗还未插上，正是开耕季。

过去的农人耕田，身穿蓑衣，头戴箬笠，一手扬鞭，一手扶铁犁，牛在前头走，犁在田中翻。如今，青箬笠、绿蓑衣、老牛、铁犁，都是稀罕物，四个轮子的翻土拖拉机，来回碾在水田里，肥厚的泥土在车轮底下快速翻滚。

"稻长"周华诚说："记得小时候，我常常拎一个小桶，跟在耕田的牛和人后面。因为总是有很多的泥鳅和黄鳝被翻耕出来。抓泥鳅和黄鳝，是特别有趣的事情，每次都能抓到小半桶。"

现在才不会有孩子满脚泥巴一路在田里跑，跟在拖拉机后面的是好几十只白鹭。它们细长的脚在泥土中行走自如，修长的脖子随着前进的脚步一伸一缩。它们不怕人，也不怕机器，拖拉机驶动，懒懒地腾飞几下，又在没几步远的地方降落。

溪边洗青豆的妇人说："这些白鹭，哪里耕地就飞哪儿，专挑田里翻出来的现成食物吃，蚯蚓、虫子、小鱼、小虾，什么都有。"

我长时间注视着田中的细脚白鹭，水田溅起脏兮兮的泥水，在它们的翅膀上留不下任何踪迹，就像雨中水滴滑落荷叶一般。这些白鹭，时而单脚而立，时而引颈而望，纤细身形，黑色长靴，雪白蓑羽，大有白衣少年俊侠翩翩之貌。

一块土地，飞鸟来去，午后的阳光，柔软温煦。

我们沉浸在宁静祥和之中，直到远方响起倦鸟归林声，我们才在暮色中离去。

插秧

秧苗，指农作物幼苗，通常指水稻幼苗。

第二次去常山五联村插秧的时候，"稻长"在那特意留了一块地，供城里朋友跟着他父亲一起春种秋收，体验原始的农耕文化。他在田里竖了一块牌子，上写"父亲的水稻田"，他的父亲是"稻田大学"校长。

牌子在2014年竖起，一晃，已多年。春天的秧苗集中种在一块秧地上，秧龄三十多天就可插秧。

"什么是插秧？"小云问。

"插秧啊，是指把水稻秧苗从秧地移植到稻田里。育种的水稻比较密集，不利于生长，经过人工移植，让水稻在水田里有更大的生存空间。"我有备而来。

6月15日，村里水田都已插满秧，只剩这一小块，等着我们去填满。

第一步：拔秧。手指凑近秧苗根部，一株株从土里轻轻拔起。手熟者两手左右开弓，我只能慢条斯理地一根根来，且经常无法分辨秧苗和杂草。

第二步：捆秧。将拔好的秧苗用棕榈树叶做的绳子一捆捆绑好，放置在一旁清水沟。

第三步：抛秧。站在水田边，用力一甩，呼——呼——呼，成捆成捆的秧苗飞至水田里。

第四步：插秧。温乎乎的水，软呢呢的泥，双脚如同踩在橡皮泥地上，弯下腰，倒着走，两株两株将秧苗插入大地。

中国水稻研究所沈希宏博士说："娴熟的插秧能手，就像踩缝纫机的缝纫工一样，密密麻麻地在稻田里绣花。"

我敢确定，你一定没有这样抚摸过稻田里的土壤，那么柔软，那么温暖，好似婴儿将双手埋进母亲的胸脯，踏实而安全。

我站在田野里，望着这些歪歪扭扭的小秧苗，心里想，真了不起啊，这些喂养了世世代代无数人的粮食，最早是产自中国的。"插秧"这项古老的手艺，不知传承了多少人，才传承到我们手里。

"锄禾日当午，汗滴禾下土。谁知盘中餐，粒粒皆辛苦。"孩子们在田里边背诗边插秧。但要在一两个小时的体验中感受四季劳作之"辛苦"，怕是很难。但至少，来过的孩子们知道了，一粒白米饭是这样由一株秧苗成长而来。

记得此前第一次带小云插秧，也是在这片水田，她在泥巴里摸摸抓抓，兴奋地举起手，说："妈妈快看，我捉到一条小泥鳅！"

仔细一瞧，扭来扭去的竟是条蚂蟥！

此时再来，她戴着草帽，除了会指导边上的小朋友如何插秧，还独自在大地上完成了一小片属于自己的"诗行"。

手把青秧插满田，低头便见水中天。插好的秧苗是写在大地的素颜韵脚诗，虽然我们的诗行平仄不齐，但有不一样的质朴韵律。

稻花

每一朵稻花都是一位母亲，每一位母亲都在孕育一粒稻子。宋朝有位诗人叫连文凤，他为稻花写了一首诗，说："此花不入谱，岂是凡花匹。"宋朝还有一位诗人，叫董嗣杲，他也为稻花写了一首诗，说："四海张颐望岁丰，此花不与万花同。"我觉得他俩说得都很对，稻花虽小，却非凡花。

稻花香里，可知丰年，稻花香里，蛙声一片。不同蛙鸣代表不同蛙群，长长短短，高高低低，是一场集体大合唱。稻香、蛙鸣，是童年里的田园记忆。

一只小青蛙停在稻叶上。非常迷你的一只小青蛙，拇指大小，皮肤湿润光洁，像是凝了水的褐绿色绸缎，腿部有暗色斑纹，眼睛大，是个乖萌小家伙。

先生小时候会像钓鱼一样拿着钓竿，用青蛙腿做诱饵，在稻田间钓青蛙。钓鱼需静，一闹，鱼就跑了；钓青蛙与钓鱼不一样，得如蜻蜓点水，不停地上下抖动诱饵，青蛙视力不好，静了，它看不见，一动，它便扑将上来。

夏天的稻田，还有昆虫鸣唱。其实昆虫不会唱，那是昆虫振动翅膀发出的声响。昆虫的鸣唱声持续不断，青蛙可做不到，我们也做不到。我们扯上一嗓子后，就得大喘一口气——需要呼吸。昆虫没这个顾忌，只管翕动翅膀——咝咝咝——发动夏日长音。

我们站在田埂上，踩过稻尖的风踩在我们身上。

青山郭外，十里稻花，这才是心中的田园。

收割

一群人到田里割稻子。横幅拉在田头。这是一场仪式，六百株稻子等待收割。

生活需要仪式感，农活也需要仪式感。仪式感让平凡的劳作变得庄重，仪式感让平凡的一刻变得不平凡。

我们为等待收割的六百株稻子，齐声喝彩，鼓掌致敬。

很多年以后，我还是能记得那场仪式。我们排成两行，站在田间，天空将我们严丝合缝地扣在日光清和的土地上。

我左手扶稻把，右手将镰刀的口子靠近稻秆，咔嚓一声，十几根秆子被齐声切断。那么干脆利落。我紧握镰刀，一个稻把一个稻把地收割，割了十多把后，将镰刀传给下一个人。

每个人都重复着我的操作。

小云也爬下田埂，踩在干裂成不规则碎瓦状的土地上。她右手拿镰刀，刚开始动作生涩，很快，像掌握了要领似的，来回割动几次，一束稻子就割下来了。

小云捧起一束稻子，站在相机前，微笑。

这一片稻田种的是沈博士的新稻种，结出的是独一无二的新米。沈博士站在稻田里，用手指褪去一粒稻的谷壳，露出白晶晶的稻米。他喂了一粒米给小云。"生稻米的味道，软软的，暖暖的，有太阳的味道，特别香甜。"小云说。

割完稻子，大家爬上高高的田埂，离开。

稻田里的人越来越少。摄影师记录下稻田里的我们，并将一帧帧照片拼接起来，组成一段稻田时间记忆轴。取名*Time*。

*Time*是一段黑白视频。我在回看的时候才发现，这段视频记录下了一个轰轰烈烈的开场和一个寂寞的收尾。大家参加了仪式的开幕，却少有人坚持到仪式的落幕。大家割过了

稻子，就纷纷离开，有的自顾自离开，有的三三两两离开，有的谈笑着离开，有的四顾着离开。离开的人，对这片土地，并没有实质的留恋，离开的人早已忘记一场仪式应该有始有终，唯有"稻田大学"的校长，孤身一人留到了最后。

那个弯下腰，割下最后一束稻子，拾起最后一串穗子，抬头望向最后一片流云的人，才是真正的庄稼人。

很多事都是这样，开始时大张旗鼓，最后只成了一个人的工作。而通常，没有人会关注最后那个人。

收割是孤独的仪式。大地是寂寞的劳作。很多事要孤独地完成。

食米

这世间除了米饭，没有哪一种食物能让人百吃不厌。每次食"父亲的水稻田"里的新米，总会想起夏日的稻田，每一片都青绿，每一片都温柔，每一片都让人感到慰藉。

这样的新米，配红烧肉，是美味；配春天的腌菜肉丝，是佳味；配热油锅里的鱼子鱼泡，是绝味。或者什么也不配，加点儿猪油、酱油，拌一拌，那是小时候食物匮乏年代里升腾起来的幸福味。

一碗简单的猪油拌饭，因为米饭的香糯，猪油的鲜香，再加上酱油润色，能吃出丰富的层次感，香、糯、软、甜，粒粒有芬芳。

有人数过，一碗米饭，有约四千四百粒米，一粒米就是一朵稻花，一碗米饭里，曾经开出过约四千四百朵稻花。这样的米饭，每一口，都带着瓷实而饱满的力量。

除了猪油拌饭，小时候我还吃汤泡饭。做汤泡饭，隔夜的饭最好，干硬，颗粒分明，米饭与青菜同煮，再倒一小勺香油，简单利落。一碗青菜泡饭，能品出洗尽铅华回归本真的人生平和。

常山人夜宵是要喝粥的。到了夏天胃口不佳，更要喝粥。米粒熬化，晶晶莹莹地浮游在乳白色米汤里。夜宵店里的配粥小菜异常丰富，咸鸭蛋、腌菜、茴香豆干、花生米、芋头丝……五块钱一平碟子，自取。有的人夹了一小山，我也捡了五六样，拼成一满盘。我最喜欢芋头丝就粥，咕嘟咕嘟，热粥下胃，肚里清爽，人也清爽。

最近在读沈博士的《做好一粒种子》，他提到有一种香稻：

全身皆香，田里植株，叶片，稻穗，花，种子，哪怕是根，都会散发香味。走在一片香稻田里，那就是走在一个香海里，所谓"上风吹之，十里闻香"……用香米煮饭，锅盖揭开，一阵芳香扑鼻而来，真是闻闻就饱了，十分宜人。香稻放置谷仓里，连谷仓也香了。

下次若见到沈博士，我一定和他说，在常山也种一片这样的香稻吧。我要带上小云一起去看。我们站在田里，好像站于一片花海中，到处飘的都是稻香。

陪花再醉一会儿

大地上的滋味

何婉玲

山笋

昨日我还在想，已经是惊蛰后的第十四天了，还未闻春雷。夜里也不晓得是几点，醒来多次，雨声淅沥，忽闻窗外雷声滚滚。是春雷啊！杜甫说，随风潜入夜，润物细无声。不仅春雨在夜里来，春雷也在夜里来。

从小便爱听这轰轰轰的雷声，从天的这一边，一下子跑到那一边。雷声藏于云层中，你瞧不见，只觉得它力量惊人。夜里虽被这雷声吵醒多次，但一点也不恼，反倒有些惊喜：第一声春雷没有错过呀。

还是春天的雨好，杏花沾衣，润物无声。山里的笋也喜欢雨。吃了雨水，它们便一节节地往上蹿。

妈妈说，惊蛰响雷后的笋最嫩，即便粗壮如象腿，口感也嫩如笋尖。

吃笋，需趁时节。早了不好。年前和朋友们在临安的一个小村庄里吃年猪饭，桌上竟有一道鲜笋。春天还没到呢，笋从哪里来？朋友说："笋是新笋，不过是人为催出来的新笋。人们在竹林里，铺上暖暖厚厚的一层苇草，让地底下的笋芽误以为春天到了，冷不防地钻出来。喏，刚一窜头就被端上了桌。"这些被欺骗的，从冬天里冒出来的春笋，大约心有不甘，即便是新的笋，口感却老，又老又倔，完全没有作为一根笋该有的鲜嫩。可见，只有当季的食物方才最好，即便一根笋，也容不得欺骗。

吃笋，晚了，也不好。袁枚《随园食单》中的"时节须知"就讲了"有过时而不可吃者"：

　　萝卜过时则心空，山笋过时则味苦，刀鲚过时则骨硬。所谓四时之序，成功者退，精华已竭，褰裳去之也。

还是惊蛰的惊雷笋最妙。那时，取出冬天腌下的咸肉。

咸肉用的是年前杀猪宴上买来的土猪肉，抹了盐挂在阳台上。这次妈妈另辟蹊径，还抹上了花椒粉。笋切滚刀片，加大半锅水与咸肉同炖，炖出一大锅奶鲜的咸肉春笋。清明节，外婆会将惊雷笋与猪肉切丁，裹进米做的大饺子里，我们叫这样的粿子为"米粿"，用油两面煎一煎味道更好。

脆嫩的笋，咬在嘴里，似大地的滋味，在春天全面绽放。

在常山，春天的鲜笋吃不完，人们会把整个笋儿晒干，待要吃的时候用冷水浸泡一周，每日换水，直至泡软，再切成薄薄的一片片。大家叫这样的笋为"明笋"。明笋浸到水中可继续保鲜三四天，菜场里就有这样浸在水中的明笋出售，又嫩又软。

如此这般，一年四季皆可吃到笋烧肉了。

蕨菜

说常山，你可能没有听过这个地方，但你一定读过曾几的《三衢道中》：

梅子黄时日日晴，小溪泛尽却山行。

绿阴不减来时路，添得黄鹂四五声。

三衢山，就在常山。从曾几的诗里，你就能知道，常山这个地方，梅子黄黄，山很青，水很清，黄鹂鸟儿歌声动听。溪水清清的常山，流出一条宋诗的河。除了北宋的曾几，还有南宋的陆游、杨万里、范成大、辛弃疾、朱熹和明末清初的李渔，都来过这个浙西小山城。

常山县名最早也来自一座山。常山就是一座山。据闻这座常山"绝顶有湖，广数亩，亦曰湖山，巨石环绕，俨如城郭"，但实际上，并没有人见过这座常山，也不知哪座山是常山。总之，常山的山很多就是了。

山多的地方就会有蕨菜。春天的山路两边，你仔细瞧瞧，就能看见刚钻出地面的蕨菜，攥紧了一个个小拳头，摇摇晃晃，打着太极拳。

山里的气息可好闻了。青苔的气味，流水的气味，小鸟的气味，都是翠滴滴的。山中的天空也好看，是一种漾过水的紫罗兰色。

我顺着山中石阶一路往上看，好似徒步在一条通往碧蓝天界的天路上。春天的风在山林里穿梭，浩浩荡荡。

春天的山中真美呀，春水融融，柳绿桃红，蓬蔂花和山

陪花再醉一会儿

莓花，都开出了娇滴滴的白花，栀子花橙红色的果子，像一个个酒瓶子，晃动着令人微醺的酒液。

路边冒出来的蕨菜，有一股子倔强的劲儿。它们一到春天就充满好奇，"哔哔——"地钻出来，站得笔直笔直，窥视着春天大地上的一切。

山里的蕨菜是拔不完的。它们长得太快了，比雨后的春笋还快，没过几日茎就老了，再没过几日，就长成凤尾一般的蕨草了。

山里人过去是不吃这种野菜的，近几年才时兴起来。春日登山途中，顺道拔一些蕨菜，凑够一盘，泡水去苦味，而后切断，同肉丝、蒜末、辣椒丁同炒。绛红色的蕨菜，爽脆鲜滑，好似春天来到了口中，满树竹丫，到处都是阔绿千红。

地衣

暑假，我和我妹在文峰小学无人的操场上捡地衣。那时的学校，没有塑胶跑道，操场上杂草丛生。大雨一过，草地上都是地衣，多得捡也捡不光。

假期的校园荒凉无比，像废墟。我和我妹穿着雨鞋，在

比人头还高的草丛中俯身捡拾。妈妈说，这是土地公公送给我们的美味。

地衣，或叫地耳，它们紧贴着土地，好似大地的耳朵，倾听着土地中的窃窃私语，听到了两株草之间的情话，听到了两只虫子的争吵。这只耳朵水汪汪、软炽炽的，水墨绿色，似泡发的木耳一样，充满了好奇心。

地衣又名雷公菌，夏日打过雷的雨后才出现。地衣没有扎根土地，又在大雨之后出现，以至于小时候的我总以为它是天上降落下来窃听人间的精灵。

雨后的操场，泥地湿软，一团团云朵般的地衣，伏在泥地上。我拾起一片，柔柔嫩嫩，褶皱里带着泥粒。

我妹说，开学后，全校师生都要顶着烈日到操场上割草，割完草就捡不到地衣了。

捡完地衣，我们沿文峰路回家。抬头，看到了不远处的文峰塔。那塔六角七层，塔上长着一蓬灰扑扑的乱草，塔身向北偏东倾斜，如患了偏头痛一般。

"那塔是不是要倒了？"我问我妹，"你看它斜斜的样子，像不像意大利的比萨斜塔？"

我妹拎着小篮子，歪着脑袋看向那座塔，然后很赞成地点点头。

回到家，妈妈将我们从泥巴地里拾来的地衣清洗干净，用青椒、肉末和蒜米一同在油里炒。地衣的味道比黑木耳还滑溜香软，是山珍海味中山珍的味道。

"这是土地公公送给我们的美味。"妈妈又说。

现在学校的操场上已捡不到地衣了，要捡，需到山里的低洼地里去吧。

清苦清苦的味道

周华诚

上次去苏州玩，胥门老城墙门洞里有人担了苦瓜来卖。苦瓜小小的，短而肥，像一个手雷。艳丽之红。像苦瓜，又不像苦瓜。

是什么名字，我已经忘了。只知道当地人将其作为一种水果来吃。

后来问了一位植物学家，说是"金铃子"，有的地方叫"癞葡萄"。其实也是苦瓜的一种。

苦瓜我知道，故乡的菜园子里常常会种一些。苦瓜的藤在竹篱笆上攀爬，垂挂着一条条白色的苦瓜。我喜欢白色的苦瓜，颜色真好看。

看一本闲书，我才知道温州人把这种苦瓜叫作"红娘"。

苦瓜是什么时候进入中国的？我翻了好几本关于饮食的

陪花再醉一会儿

古书，都找不到线索——本想顺藤摸瓜，藤却不知道藏在哪里。

后来动用了一位朋友提供的古籍检索系统，查到明朝徐光启的《农政全书》中有"苦瓜考"：

又名癞葡萄，人家园篱边多种之。苗引藤蔓，延附草木生。茎长七八寸，茎有毛涩，叶似野葡萄叶，而花叉多。叶间生细丝蔓。开五瓣黄碗子花。结实如鸡子大，尖梢纹皱，状似荔枝而大，生青熟黄，内有红瓤，味甜。

郑和下西洋，先后七回，估计有一回上了苏门答腊岛。岛上有苦瓜，他把种子带了回来。明朝中期，苦瓜在南方开始广泛栽种。郑和的翻译官费信，在他撰写的《星槎胜览》中记载，苏门答腊国一等瓜，皮若荔枝，未开时臭如烂蒜，剖开内物，味如酥，香甜可口，这种瓜可能是苦瓜。

苦瓜和尚石涛，一定很喜欢吃苦瓜。

石涛不仅爱吃苦瓜，而且把苦瓜供奉案头朝拜。

苦瓜有此君子之德，受人称颂。因苦瓜虽苦，苦自己而不苦他人。若用苦瓜炒肉，肉是绝不苦的。

我读过《苦瓜大和尚百页罗汉图册》，画中三百余位罗汉神情高古，气象万千。

诗文也好，画作也好，我喜欢古人的。古人的时光过得慢。种田种菊，吃茶吃苦瓜，他们都比现代人做得好。苦瓜和尚的画，到现在看，还有苦瓜味——清苦清苦的味道，至今没有褪色。

青蛳的味道，也是清苦清苦的。

小暑过后，一场雷阵雨下得酣畅淋漓。再晴上几天，又叫人大汗淋漓。黄昏时候到桃花溪里去歇凉，顺便拾一大把青蛳带回去。小暑过后的桃花溪清幽极了，夹山两岸，草木葱茏，鸟声也清幽。在水里泡一会儿，遍体清凉。

吃青蛳最烦琐之处，在于剪屁股。青蛳小小的，人俯身水面捡拾青蛳，倒不觉得枯燥。拾回家后，剪青蛳屁股倒着实需要一些耐心。

如没有这道工序，青蛳肉将无法吸出，只能用牙签挑取，这是善食青蛳的人所不能接受的。

青蛳的生长，对于溪水的纯净度要求极高。我家乡常山的桃花溪中出青蛳，实在让人感谢自然山水的馈赠。到常山

街头的小饭店里去，也一定能吃到一碗极佳的青蛳。

吃青蛳，讲究一个鲜味。青蛳本来就小，没有多少肉，但吸食的过程却极美妙，小小的肉连汤带汁，堪可回味。青蛳肚子里带着碧青色的肠子，也是可以吃的。

青蛳的鲜味里还带些清苦，也是山里人说夏天吃青蛳可清凉败火的原因。

按说还有一种苦的东西，苦丁茶，常山也有，也是很苦的，却实在没有什么鲜味，只剩下苦了，也就没有什么可取之处。

有一次翻书，钟叔河编、湖南文艺出版社出版的《周作人文类编·人与虫》，知堂也谈到苦茶，有朋友特意送他一包苦茶，"我感谢他的好意，可是这茶实在太苦，我终于没有能够多吃"。

苦丁茶，我好些年前喝过，可能多放了两根，泡开以后苦得咋舌。只放半根茶，仍然是苦，实在不怎么好喝。苦瓜和青蛳，我却一直喜欢。

想来我还是喜欢有一些活泼之气的鲜苦与清苦。若只是一味地苦，这样的人生，未免太单调了些。

立夏记

何婉玲

蚕豆

在我的家乡浙江常山，方言里叫蚕豆为佛豆。

《红楼梦》七十一回，贾母八旬大庆，两府中俱悬灯结彩，屏开鸾凤，贾母对凤姐和鸳鸯说："你两个在这里帮着两个师傅替我拣佛豆儿，你们也积积寿，前儿你姊妹们和宝玉都拣了，如今也叫你们拣拣，别说我偏心。"饭毕，贾母又与喜鸾四姐儿一起，洗手，上香，捧过一升豆子来。两个姑子先念了佛偈，然后一个一个拣在一个笸箩内，每拣一个，念一声佛。次日煮熟了，令人在十字街结寿缘。

可见，蚕豆有佛缘，拣蚕豆可以延寿。

傍晚到家，我独坐阳台，不捡蚕豆，只剥蚕豆。

妈妈说当季蚕豆十元十五斤，带壳一起卖，是近郊的乡里人拉来的，去晚了就抢不到了。

蚕豆菜场也有，但大家都相信乡里人拉来的蚕豆才是有机且最新鲜的。

立夏时节，气候不急不躁，坐着慢慢剥蚕豆。蚕豆壳又厚又壮，胖嘟嘟，圆滚滚，蚕豆像裹着一层很厚很厚的冬被子。一个胖豆荚里睡三个蚕豆宝宝，每个宝宝还盖着一床薄被子。剥下时，蚕豆顶端那一片月牙似的"脐带"仍挂在豆荚里，老一些的蚕豆头顶会留有一条黑色指甲印。

袁枚《随园食单》中写："新蚕豆之嫩者，以腌芥菜炒之，甚妙。随采随食方佳。"

我随剥随吃。

拣一颗嫩小的蚕豆，剥掉青皮外衣，露出豆沙绿的豆瓣，生蚕豆的味道，有点软，有点脆，有点汁水味，总之仍是那种植物青涩的芬芳，虽比不得随采随摘那一刻清气满乾坤，仍为可嘉。

近些日子，餐桌上是变着花样的蚕豆：葱香蚕豆、蚕豆蛋花汤、蚕豆炒肉，焗土豆时也拌入几粒蚕豆。

"立夏时节，是要吃蚕豆的。"我边说边在女儿碗中舀入一勺蚕豆蛋花汤。

蚕豆蛋花，碧的豆瓣是翡翠绿，淡的蛋花是虾子黄，看起来清清爽爽，尝起来爽爽清清，但我最爱的却是油焖蚕豆。

油焖蚕豆，要把蚕豆炖得烂烂的。油焖用砂锅最好，为此我还专门上网买了一个小砂锅。炖蚕豆无须脱青衣，油水汪汪中慢慢炖，加桂皮、香叶、茴香、小米辣，炖到绵软如沙，炖成一袋袋蚕豆泥。

油焖蚕豆的颜色自不如清炒着鲜亮，但肚中有油水，生命才有意义嘛。将蚕豆皮咬个小口，哧溜一下，从洞口将嫩比豆腐的蚕豆像果泥般吸出来，咸、鲜、辣、糯，连青衣都味儿十足，在口中咬得碎碎的，味儿吮尽，方才吐出。

我总爱吃这些煮到烂泥般的食物，像个老奶奶，始觉不费牙力的美食，才是天地精华。

小时候，也有将蚕豆做成五香豆、怪味豆的，深棕色，豆皮连着豆肉，豆皮炸得干干硬，豆肉烘得酥酥脆，上面还涂抹了一些盐粒，嘎嘣一声，五香馥郁。遇到几粒硬邦邦的，可得费好大劲儿细细磨，慢慢嚼。吃着虽麻烦，却是小时候回味最深的零食。

现在超市零食区已很少看到这种怪味豆。孔乙己爱吃的茴香豆，就是用蚕豆做的，咸亨酒店中仍有。之前从舟山回杭州，过绍兴，现在的小朋友不喜欢吃这种茴香豆了，大家最爱的是绍兴的油炸臭豆腐和近些年来新推出的黄酒棒冰。

立夏是个忙碌的时节，煮蚕豆，赏蔷薇，过几日还得再买点青梅和鸭蛋，做青梅露、青梅酒，再浸几个流油咸鸭蛋。

试想一下，初夏寂寂，绿荫合地，山高水长，芍药垂地，就一盘碧青的蚕豆炒火腿丁，对饮一杯青梅酒，嗅一架蔷薇香，真是怡然之事。

立夏蛋

絮飞春尽，到了立夏。立夏，要吃鸡蛋。外婆会煮茶叶蛋，蛋白上煮出茶色冰裂纹，好似青瓷上的开片，蛋黄渍上一股茶香，转为青褐色。小云喜欢吃溏心蛋，为了调试到最完美状态的溏心，外婆测试了无数次。煮溏心蛋需要借助计时器。将生鸡蛋放入冷水中，时间设置在九分钟，"叮——"地铃响，关火。此时的鸡蛋最佳，蛋白软韧，蛋黄裹着流沙般的蛋心，剥开蛋壳，拌点酱油，最平凡的水煮蛋也有了宜人的美味。

到了午后，店铺里没什么顾客，妈妈会做一份下午甜点——红糖鸡蛋汤。将红糖水煮热，汤中打入鸡蛋，再加红枣、核桃一同炖煮。蛋白丝滑，糖水甜津津。妈妈说，这些东西是很有营养的，能抚平生活的皱纹。

立夏的下午茶，总是要吃点甜的。这些简单的甜点，让那一个个等着顾客上门的简单日子有了精致感，也多了一丝甜蜜。

那样的下午，时光漫漫，好似青山永远不老，好似黄昏永远不来。

过了立夏，天气就会太热。我喜欢夏天，夏天可以喝橘子汽水，可以吃红豆棒冰，可以喝冰牛奶，可以穿着拖鞋到处走，可以去常山江边的石头滩上，用手帕捕小鱼。人们将立夏之后的日子称为苦夏，我认为夏天不苦，反倒甜着呢。

没风的日子，天气炎热。小时候家里没电扇，只能摇蒲扇。摇啊摇，手臂累了，喊来妈妈帮忙扇。嘴里点着数，一二三四五，一直数到五十下，换我给妈妈扇。没扇几下喊手疼，妈妈便缓缓地一直为我扇下去，扇了几下，谁都数不清了。

我躺在藤椅上，享受着妈妈牌凉风，过去我们叫这种藤椅为太师椅，可不，太师般，周身清清凉，连空气都溢出了糖水鸡蛋的甜味。

山野的果实

周华诚

过了立秋，天气依然很热，然而山野到底还是比城市凉爽许多。出了几天差，乍一回到乡间，立刻能感受到晨昏间的凉爽，这是城市中所没有的。此刻，水稻田里稻花绽放，蹲下身来细细观察，一朵一朵的稻花从颖壳里伸出，仿佛纤细透明的高脚杯，随风飘摇，甚是美丽。

稻花是在午间最热时开放的，为了拍摄水稻的花，我便顶着烈日出门。在田埂上蹲下来拍摄半个多小时，衣服便湿透。回到家后要洗澡，母亲说此时不宜立刻洗澡，先闲坐一会儿收收汗，待汗收了，再洗不迟。

坐了一会儿，母亲又从灶间端出一盆东西来，让我尝尝看，说正是解暑良物。打开盖子，发现清水中候着晶莹剔透的一块东西，仿佛是水晶糕，却并不是。这东西以前我没有见母亲做过。母亲说，这是木莲冻。我恍然大悟，以前在超市里见过一种木莲冻，像豆腐一样盒装，我并没有买过。家里怎么有木莲冻呢？母亲说，这是在河边采的果子，自家做的。

阴凉的桃花溪两畔，砌有高高的石埠。经年累月，石埠上爬满青色的藤蔓，这便是木莲的藤，也叫作薜荔。鲁迅先生在《从百草园到三味书屋》中，有一段文字写道，"何首乌藤和木莲藤缠络着，木莲有莲房一般的果实……"这里的木莲果实，也就是薜荔果，一颗一颗绿色的，垂挂在叶间。周作人也写到过木莲："木莲藤缠绕上树，长得很高，结的莲房似的果实，可以用井水揉搓，做成凉粉一类的东西，叫作木莲豆腐。"

木莲也是在夏季开花，花谢后，结出卵形的复花果。木莲果还有一个别名，"王不留行"。打开果实，里面有细小的种子，这种野果富含果胶，正好可以用来制作一种特别的清凉冷饮。这天清晨，母亲与邻家婶婶一起去采了木莲果。母亲说，这木莲果在溪头的老石桥底下颇多，攀爬在石壁上，却没有几个人认识它。这一回，也是无意中听人说起，才去试着采来做做看。

木莲果采来，用清水洗净，再用刀破开，挖出中间的木莲籽，晒干装入一个干净的布袋，将袋口扎紧。听说，在从前没有冰箱的年代，一桶冰凉甘甜的井水，最适宜用来制作这种冷饮小吃了。如今有了冰箱，就用清洁的凉白开水替代井水——母亲把装了木莲籽的布袋，浸在水中不断揉搓挤压，流出一种黏性的液体。去除泡沫后，将水净置，放入冰箱，几小时后，就能凝固成一种特别的果冻了。

我吃着冰冰凉凉的木莲冻，口感滑润，实在清凉。这就是山野之味。

母亲后来又做过几次。木莲冻里，有时会加入一点糖水或蜂蜜，撒几粒干桂花。一勺晶莹剔透的木莲冻入口，爽爽滑滑，冰凉清甜，哧溜一下就滑入喉咙，那清凉的味道直沁心田，别提有多愉快了。

一碗木莲冻，看起来很简单，而这纯天然的消暑佳品，却唯有常在山野中闲居的人才有福消受。山野从来待人不薄，它提供云雾清风，也提供草木花朵。这碗盛夏的木莲冻，就像一首古老的歌谣，清清亮亮，质朴如斯，把人们带到草木与山野之间。

在乡下生活，这样的乐趣与惊喜是常有的。春天朋友来插秧，我们去山上采野草莓吃。最好吃的一种树莓，叫作覆盆子，长在树枝上，摘下时往往带蒂，果为实心；还有一种，叫作蓬蘽，长势低矮一些，果实空心，故俗名"空心泡"或"大水泡"，摘下时往往是没有蒂了。这两种野果都是妙物，然而既不耐储藏，也无法运输，稍远距离的人都无法吃到。我与朋友钻进灌木丛中，用帽子反过来盛装，一摘就是满满一帽子，吃得实在过瘾。

夏天我到山里去，在一个村庄里也吃到那种覆盆子，果粒硕大，滋味也绝美。一打听，原来这里有人种植。我特意留心询问了一下，想着以后若在"稻之谷"附近种上一大片覆盆子，是不是可以让自己大啖一顿了。

山野的果实有很多，平时不怎么注意，譬如"八月炸"。有一年我与父亲、母亲一起进山去观瀑布，下山路上见到一根长藤，上面结满了一串一串的"八月炸"。当时就寻着了根，移植了一株回来。然而不知道什么原因，藤是种活了，之后两年都没有见它结果。以后我也便经常惦记着那山里的"八月炸"，想着若是凑好了果实成熟的秋日时节，我也要进山去寻觅，好好品尝。

深秋——大约是10月中旬，水稻收割的时候，板栗也刚好成熟。我家屋后有好几棵板栗树。刺苞炸裂，暗红发亮的栗子从枝头跌落，我常常在板栗树下捡拾。有时一阵风来，枝叶摇动，发出簌簌的声响，栗子便啪啪落下来，打在枝干上，落到泥土树叶间。这板栗树是野生的，与别人家嫁接的板栗不同，个儿虽小，却格外好味。在大柴灶里焖将起来，一盘子端放在茶桌上，一边喝茶，一边吃板栗，一边读闲书，便觉得秋天是真正地近了。

猫耳朵、米爆糖及索面

王文英

1

阳光灿烂的星期天，我们回到常山老家。一只全身雪白的猫卧着，躺在邻居徐奶奶家门口的地上，一侧的耳朵贴地，睡着了。

徐奶奶就坐在门口的小竹椅上，双手在一团淡蓝色的棉絮中不停地飞舞，原来是在做鸡毛掸子的来料加工，媳妇也在屋内成堆的淡蓝色里忙碌。见我来了，徐奶奶笑容灿烂，立马放下手中的活，高声喊我的名字，起身进屋拿出来很多好吃的，果盘里一片片黄灿灿的"猫耳朵"吸引了我。

"这次飞了一点猫耳朵，杭州的小孙子要带去吃。"徐奶奶齐肩的银发整齐地拢在耳后，古铜色的脸有点消瘦，矮矮的个子却手脚灵活。她还记得十几年前我在车站工作的时候，给她安排过好位置，给她买过票。我端详起白猫的耳朵，再瞧瞧手里的"猫耳朵"：椭圆形的，微微有点卷，像一片蝴蝶翅膀，塞进嘴巴，"咔嚓"一声脆响，松脆香甜，美味无比。白猫却连头都没扭一下，只是微微睁开一只眼睛瞟了我一下，又继续它的美梦。

徐奶奶说，以前油太贵，舍不得飞，现在呢，飞了也没人吃，容易上火，超市里好吃的东西太多了。猫耳朵的制作并不复杂，原料是农村里常见的番薯。番薯容易种植，不需要花太多精力就可以收获满满。到了秋天，刨开土，干枯的藤蔓下，藏着一串串圆滚滚的番薯。

那时候腊月总是特别冷，屋檐下挂满长长的冰凌。挑浑圆红润的番薯，去皮煮熟，碾成泥，加入糯米粉，混合均匀，再上笼蒸透，取出摊凉，用力揉上劲。面团蒸好后，加入白糖，随个人喜好，还可以加入芝麻，成品会更香。用擀面杖把面团擀成薄薄的一片，再擀成一整张大块的面皮，均匀地刷上洋红，从一端卷到另一端，呈条状。待稍晾干后，切成薄片，薄片上会有一条从内向外螺旋状的红线。这个切片是很考验刀功的，要薄而均匀，不然炸起来，厚的还未熟，薄的却快焦了。

如果面皮裁切成四四方方的一块，巧妇们便手执剪刀巧手翻飞，不一会儿，一朵朵亭亭可人的薯花如变魔术般立在团匾里了。在常山，做薯花的多是江山嫁过来的媳妇，常山人做得更多的是猫耳朵。

猫耳朵还有一道晾干的程序，这些都要摆在院子里，邻居们来来往往的，看到总会羡慕。猫耳朵，那时候简直就是家庭身份的象征。

有一年，徐奶奶难得做了一回猫耳朵。那天，冬日的暖阳下，她在仔细翻晒门口团匾里的猫耳朵，那螺旋状的红线，点缀着白色的椭圆形猫耳朵，就像手指里那个一圈圈的"螺线"，阳光下散发着独特的香味。这时走过来两兄妹，是隔壁人家的，小女孩好奇地围着她问东问西——

"奶奶，这是什么？"

"奶奶，这个好吃吗？"

"奶奶，这个吃起来什么味道呢？"

小男孩拉扯着她往回走，小女孩的脚像是被钉住了一般，怎么也不动。徐奶奶看着那双水汪汪的大眼睛，微笑着抓了一把塞进她的口袋。

　　　　　　　　　陪花再醉一会儿

回家后，小哥哥学着妈妈炒冻米的样子，从门前的龙潭溪里淘来干净的细沙，放在锅里炒热后，混着晒干的猫耳朵一起炒。滚烫的细沙中，猫耳朵从白色渐渐变成淡黄色，不断地冒出来，不断地卷曲，像一只只蝴蝶飞起来，点缀着棕黄的细沙和黑色的锅，漂亮极了。香味随之弥漫，噘起嘴巴呼呼吹几下，吹落沙子，吹散热气，薄薄的，一片一片，或微微卷曲，或膨胀展开，洋红被鼓胀得模糊，照着阳光，就像美丽的花瓣。这只猫耳朵很快就飞进了小嘴巴，"咔嚓"，松脆香甜，瞬间幸福洋溢在小女孩的脸上。

猫耳朵多是油炸的，一般会选用菜籽油，又香又容易上色。晾干后的猫耳朵在油中一炸，金灿酥脆！这个过程比较费油，炸过后的油就成了老油，再烧菜就不好吃了。所以在以前的农村，富裕一点的家庭才会飞猫耳朵过年，作为招待亲友的美味小点心。在拜年的回礼篮子里，金黄色的猫耳朵得意扬扬地躺在最上面一层，慵懒的，惬意的，张扬的，就像那只睡在阳光下的白猫。

"飞"，多么诗意的动词，多么飘逸的动作，多么生动的修辞。我问徐奶奶为何说"飞"而不是"炸"，"老一辈人都说'飞'，就这么延续下来了"。

我感慨万千，在全国慢城常山，总是如此诗意，看似简单的美食，看似普通的农妇，却如此精致地生活着，如睡猫一样的简单、舒缓。

许多年以后，那个用河沙飞猫耳朵的小男孩，成了我的丈夫。

2

乡村冬天的夜晚，屋外雪花纷飞，静悄悄的。屋内也静悄悄的，父亲在灶前有条不紊地忙碌着。灶膛的柴火温和燃烧，麦芽糖在大锅里翻腾发出"吱吱"声，空气中弥漫着清香。父亲不停地搅拌着，只见他拿勺子舀了舀，伸出中指沾了一点糖，拇指迎上去磨了磨后两指张开，举高，就着昏黄的灯光，看着金色的糖丝在指尖慢慢拉长，消瘦的脸上扬起了微笑。

旁边鸡舍里早已响起小鸡若无若有的"唧唧"声，两头小白猪的呼噜声此起彼伏，它们都做起了美梦。厨房暖烘烘的，很快唤来了瞌睡虫，我们挨不住了，便跌跌撞撞地趴到床上去。睡意蒙眬中，隐约传来"嚓嚓嚓嚓"的声音，暖暖的甜蜜从厨房弥漫到鼻腔，弥漫到梦里……

第二天醒来，窗外已是白雪皑皑、银装素裹的明亮世界。屋内，香甜的气息弥漫，那是米爆糖独有的味道。一条条米爆糖，整整齐齐地摆放在桌子上，旁边的几只洋油箱，有的已经装满密封了，沉沉的。我们迫不及待地，把双手放在衣角上擦了擦，小心掰开一块，伸出拇指和食指，小心翼翼地捏起一片，送进嘴巴，"嚓嚓嚓"，清脆香甜便在舌尖绽放，我们顿时心满意足。这意味着到来年油菜花开，我们都会有美食相伴啦。米爆糖在传统年味中具有相当重要的地位。春节前后，家家户户招待客人，总缺不了米爆糖。拜年回礼的篮子里，垫在篮底的是沉甸甸的米糕，然后就是米爆糖、薯片，条件好的人家在篮子的最上面再铺几片猫耳朵，还有鸡蛋稳稳地安放在篮中。

　　晒冻米的时候，家家户户将竹簟、团匾都搬了出来。长长的竹簟打开来铺展在门口的田野上，白白的糯米舒展地晒着太阳。孩子们中午放学回家，都先到田里搓开自家那些结块的冻米，妈妈喊吃饭了才回家。晚上一家人继续用双手搓，冬天里的冻米像针一样扎手，小手总是搓得又红又疼。

　　米糕太普通，猫耳朵不常有，于是米爆糖成了我的最爱。母亲总是把它藏在楼上，并且藏起了梯子。才多大的房子啊，找个梯子太简单了，找不到的时候还可到邻居家借来，于是我像小老鼠般的，爬上楼偷米爆糖吃。参军以后，父亲每年都会做一箱，装进尿素袋里，背着送到衢州部队。战友们也会从老家带来泥螺、生姜酱、麻饼等各色美食特产。但是很奇怪，每个人似乎都只喜欢自己父母做的东西。

时至今日，诸如炸薯片、米爆糖之类的甜点小吃，早已可以通过机器生产了，超市里各种糕点美食应有尽有，农村的制作高手们很多年没有了用武之地。想当年，父亲这样的师傅可是经常行走村庄给乡亲制作米爆糖呢，这是一份甜蜜的荣耀。

有一年冬日的下午，舅妈学着老师傅的样子，也尝试制作米爆糖。眼看着麦芽糖拉丝拉得好长，我们围着七嘴八舌地催促，最后，硬是没凝结成块，散落一桶。我们七八个小鬼倒是乐开了花，抢着抓起来就往嘴里塞，一粒粒白的冻米花黑的芝麻粒粘满了脸。手足无措的舅妈尴尬又惋惜："这事奇怪的，估计是吵闹惊吓了糖的凝结……"

剩下的冻米，在几天后因父亲的到来就变成了一片片漂亮的米爆糖。我们依旧围着灶头烧火看热闹。到底有什么窍门？父亲神情庄重："确实是一种感觉。"好像李白酒后就有了作诗的感觉，作家有了灵感便文思泉涌。制作美食肯定也要有天赋的，掌握各种火候需要独特的敏感性，其实也是来自无数次经验的积累。

糖真的会受到惊吓吗？因为家里人多，每次过年要做一担糯米。"不要惊扰！"虽然算不上秘诀，却是父亲制作米爆糖的规矩。究其原因，大概是门一开一合，冷气进入会影响麦芽糖的温度；人大呼小叫，会分了制作人的心思。记忆里，凡是客人来了，是不能走厨房门的，走大门也得蹑手蹑脚，快速进来快速关门，还不得高声喧哗。我想更多的是一种虔诚的仪式感吧。父亲每做成一锅米爆糖，都要用手捏成一小团安放在灶头，说是孝敬灶神，是灶神保佑了这锅米爆糖的成功。我觉得那更是对粮食对劳动的敬重。

3

婆婆的厨艺实在是不敢恭维，唯独煮的索面美味无比，终生难忘。

多年前我们一家人第一次来到常山，准公公招待我们的是每人一杯热气腾腾的新茶，接着抱出一畚斗晒干的花生，然后是每人一碗香气扑鼻的索面。吃好了索面，很快就到了午饭时间，又是一大桌子色香味俱佳的菜肴。

父亲很满意，常山人的热情远近有名，亲身体验后感觉更不同。后来才知道，花生是邻居家买来的，午饭也不是准婆婆烧的，是请来了村里最好的厨师。但这又怎样呢，反正我父亲就觉得这样的人家实在，诚意十足。于是这门婚事就定了，我也就成了常山媳妇。

婆婆长得人高马大，手大脚大，头大脸大，宽大的额头上，刘海梳得整整齐齐，没有一丝散乱。笑起来的时候还挺亲切，但大部分时间没有表情，或者拉着脸。她不善言辞，脾气也不坏，就是少了点亲近感。干起活来慢条斯理，貌似不够灵活，没啥效率。开口闭口都是一口地道的常山腔，我基本听不懂。公公正好截然相反，黝黑瘦小，天资聪慧，思维敏捷，情商极高，待人和善，江山话也说得非常流利，他烧制的砖瓦远近有名。

婆媳之间，矛盾难免，但每次公公都能出面巧妙化解。他有两个法宝，第一个，就是在背后讲家人的好话，哪怕我做了一丁点小事。二十多年了，每次我回到常山老家村子里，左邻右舍都投来羡慕尊敬的目光，有的当面就点赞"你公公说你很孝顺，很有文化……"第二个法宝，就是烧一碗索面。

在我们家里，没有什么矛盾是一碗索面不能解决的，如果不能，那就来两碗。

索面，据说曾是进贡给皇帝吃的贡面，那是一种身份，更证明其味道的独特。以前在常山农村，索面同样尊贵。只有生日、大年初一、上梁归新屋这些重要的日子才能吃到，再者就是小麦收割后，农户们会拿新麦粉去兑换些索面。公婆待我如贵宾，每次回去，婆婆就烧一碗索面，那也是她最拿手的好戏。

那时候，从江山出发，中巴车颠簸一个多小时泥路后才到达常山老家，每次在门口的水井里洗把脸，回到屋里，桌子上就已经摆着一只青瓷大碗了，里面白如银细如丝的面条整齐地排列着，碧绿的葱花肆意地点缀着。青的碗，白的面，绿的葱，红的辣椒，亮丽鲜艳，朝气蓬勃。筷子就横搭在碗口，热气袅袅。这模样，就像小学英语课本里单词noodles的配图。索面独有的香气钻入鼻孔，口水已是三千尺，赶紧拿起筷子把面挑松，在满满的汤水里搅拌一下，再轻轻夹起几根，伸高了手臂，再放下，"哧溜"一声送进口腔中，咸鲜香软的圆细面条，暖暖地缓缓地流淌到胃里，幸福感瞬间充盈全身所有细胞。

"哧溜哧溜"，一碗面条连汤带面吃个精光，心满意足。婆婆在一旁，微笑洋溢在脸上。

在以后的日子里，婆媳之间便有了美好的纽带。坐月子时，每天下午的"借力"（常山方言，即加餐、夜宵等）就是索面，下面再卧个鸡蛋，既安抚了胃，又催奶。有时加班晚归，公公总是提醒婆婆，"快下一碗面！"有了这碗索面，关系越加融洽。

煮索面是很方便的，用常山野生茶油或者猪油、醋、葱、姜末、辣椒面等佐料打底，一锅水煮开了，舀出一大勺滚烫的水冲进佐料碗中拌匀，再把索面丢进锅中煮两三分钟，翻腾一会儿，即可夹出面条，浸入汤碗中，索面是咸的，不用放盐。索面的诱惑是抵挡不住的。晚来天欲雪，一起来吃面，这是莫大的享受。

每当家里有人受风寒感冒时，婆婆都会煮一碗索面，加足葱姜辣椒，热乎乎地吃下，然后蒙上被子发汗，效果奇好。

女儿也很喜欢吃索面，小时候学着《西游记》里孙悟空吃面的样子，夹起长长的面条爬上椅子，一脸惊诧地"哇哇"直叫。

索面一般有八九十厘米长，都用小红纸条捆起一小扎，红白配很高大上。煮的时候，要折断。农村人归屋仪式时，会把索面叠成塔状，绿柏枝红剪纸装扮，意味着久久长长。大年初一和生日，也是必然要吃索面的，这才是真正的"长"寿面。

　　　　　　　　　　　　　　　陪花再醉一会儿

金聚楼的羊肉汤面

姜 君

    冷冬有了暖阳，显得特别惬意，我于是萌发了出去遛遛的念头。常山几条老巷均处在县城中心，一丈之隔就是闹市的喧杂和灯红酒绿，穿梭在百年前形成的老巷里，仿佛与喧嚣的城市隔离，有种恍如隔世的感觉。

    行走在老巷中，我看到一位慈眉善目的老太太在一座老宅门前晒太阳。老宅建于光绪十四年（1888），距今已经有一百三十四年了。看这古朴气派的老宅，想必这主人的祖上有点"分量"。在充满古色古香气息的老宅里，八十有余的老太太告诉我，她的老伴和老公公曾经是开羊肉汤面馆的，面馆就叫金聚楼。

    "金聚楼"，这店名有着旧上海的味道。那个年代的老常山，说不定也出过"乱世英雄"，这就无从考证了。

在我的印象中，常山人是不怎么爱食羊肉的。看我很有兴趣，老人也来了兴致，和我讲起羊肉汤面的做法。"金聚楼"羊肉汤面的做法和我国其他地区不同，其味也各有千秋。做"金聚楼"羊肉汤面，是个挺费劳力神的活。首先要把宰杀好的羊处理干净，掏除内脏，傍晚时分将全羊置于铁锅内，用烧旺的柴火烧锅，旺火煮沸，撇弃浮物。待锅内清汤泛白，掷入姜块、茴香、料酒、红椒、冰糖等十多味调味品，焖煮至天微明开锅捞起全羊。此时，灶膛内的干柴已成炭火，拆卸下的羊骨重新放回铁锅，在炭火上慢慢煨炖，然后把整爿整爿的羊肉放在案板上压平。羊肉冷却后冻结，双手把冻结在一起的羊肉撕成细细的碎条，装入一个个青花碗内，整整齐齐地码放在蒸笼里蒸。这时候，"金聚楼"面馆内外香气四溢，令过往行人驻足。食客们闻香寻味而来。店家一边把盘成女人发髻般的手工面条放入沸水中煮，一边从蒸笼里取出装着羊肉的青花碗，一溜儿摆放在灶台上，依次撒上香葱、蒜泥、姜末和辣椒末，淋上原汁原味的羊骨汤，放入煮熟的面条，一碗不腥不臊，不油不腻，鲜香爽口的羊肉汤面就做成了。

　　我听了后，顿觉满口生津，仿佛已经尝到了一碗肉烂汤浓、面细韧滑的具有常山本土特色的羊肉面。老太太伸着手指说，当年一碗羊肉汤面要两三角钱。我想，要是现在的话，恐怕要几十元一份了。

20世纪60年代，"金聚楼"面馆关门了。面馆的旧址，如今是县城大街旁的一个街心花园，毗邻县剧院。三三两两的老人在这个街心花园里悠闲地聊天，也许他们之中很多也曾是"金聚楼"的老食客。

"金聚楼"所在的这条大街，我既熟悉又陌生。小时候，我常光顾这条街，为的是能吃上一份可口的点心、爽滑的馄饨或喷香的烤饼。生于20世纪70年代末的我是没听说过"金聚楼"羊肉汤面馆的，我很遗憾地发出"生不逢时"的感慨。老太太很肯定地说："你外公一辈人一定知道'金聚楼'的。"听老太太的口气，当年的"金聚楼"绝对生意兴隆，门庭若市。想必，我那曾有着好几台机器，有着一家私人裁缝店的外公，定也会经常光顾。

卷四 ○ 菜场里的红尘 ○

寻鱼帖

松 三

1

第一次吃到常山的鱼，是在八年前。地名叫月亮湾。

月亮湾是一汪水，名副其实，像一枚弯弯的月牙儿。我近来知道，它还有一个名字，叫长风水库，所在地名为长风村。这名字不知是何年取的，月亮配长风，风雅至极。

长风水库有句标语，好山好水出好鱼。吃鱼前先看山水，碧绿的湖面一直向水库两旁漫延，植被葱茏，叠成浓淡不一的绿。水边常植古樟，异常老了，枝干黝黑遒劲、张牙舞爪，但爪子上的枝叶是年轻的、脆嫩的，伸出去，摇曳在翠色的湖水上。有两三人独坐在古樟下垂钓。有古樟，说明这村落早有人住了。只是古樟与鱼比我们看得更久远一些。

陪花再醉一会儿

鱼馆离水面稍远些。那时候，月亮湾一带已有许多鱼馆，俗称"渔家乐"一条街。一家家以鱼为主打菜的农家乐立在路边，饭店大多是村民自建的房子，店名大多称"某某鱼馆""某某鱼庄"，朴素直接，烟火气扑面。

我喜欢这样的招牌。之前去象山石浦吃小海鲜，吃的食店也尽是"老大娘""胖大婶""老太婆"，这样的招牌，各地都有。看了亲切，且老老实实。老老实实的餐馆，做起菜来，出不了什么差错。

月亮湾的"渔家乐"也如此，走进哪家皆美味。我们选中一家"某某鱼馆"（实在是记不清了），点的清汤做法。未问什么鱼，因为都明白，鱼一定是眼前这条湾流中捞上来的鱼。这家某某鱼馆的屋后，开了两三枝桃花。

春日拣尽，桃花树下吃鱼，有《诗经》一般的烂漫意境，且叫这一餐桃花鱼吧。

桃花鱼的老板娘圆圆脸，嗓门响亮，动作利落，像世上绝大多数优秀的老板娘。

新鲜的鱼，地道的做法，朴实的人，清凉的风，一望无际的绿。

清汤鱼是奶白鱼汤，以大砂锅呈到桌面。奶白的汤面上，漂荡着深紫色的叶子，这叫紫苏。紫苏是一种当地烧鱼的新鲜香料，相当于西餐中的罗勒、香芹、柠檬叶，但紫苏看起来更山野、放肆一些。或者说，是因为当地人用起来随性，采一把，洗净，快出锅时丢进去。紫苏的香气漫溢，鱼中有，汤中有，空气中也有。

几年后，有一位杭州的朋友到了常山，吃到鱼中紫苏的味道，不能自持，即央求当地人送她一小盆，带回杭州养。养活了吗？没有呀，紫苏对生长的土是颇挑剔的。它需要吹着山野的风，淋着山野的雨露。多年后，我在杭州西湖景区的三台山路一带的一家小饭馆里，见到墙根下如小方桌大的盆里生机盎然的紫苏，我想是那一带的山水足够好。且再问，老板果然是个常山人。

我有时候想，要是紫苏长到西方去，欧洲人会用它做出什么来。大约会变成意大利人的芝麻菜。日常、珍贵，又用得随意。

这样想得远了，倒只记得紫苏，把鱼给忘了。实在是，在常山吃鱼，是件寻常事。

春日，桃花盛开，春风拂面，吃鱼。

夏日，雨水丰沛，汲水嬉戏，吃鱼。

陪花再醉一会儿

秋日，稻子金黄，割了稻子，赏月，吃鱼。

冬日，寒风肃肃，灰扑扑的天，路边小饭馆里，吃鱼。

这是后续我常去常山得出的"吃鱼时论"。每到常山，必要吃鱼。按四季"牵强附吃"，是外地人吃出的一点门道——极随意的，不用管时节，且也不用管特地去哪家吃。

开着车，满城打转，随处可见餐馆。大多数命名为"某某鱼馆""某某鱼庄""某某有机鱼"……可见鱼在当地人生命中的不可舍弃。近些年，这些某某鱼馆、鱼庄、有机鱼也在杭州城四处蔓延，好吃的秘诀便是——鱼是常山运来的，用的是常山的水。

十多年前，我第一次到云南昆明，吃到当地的鱼，很不适应，因为有极重的泥腥味，想必是水质的原因。但当地人很擅于调制香料。我记得那会儿，学校周边有一种十五块钱一条的蒸罗非鱼，鱼由老板娘亲手腌制，味道极好。这老板娘胖胖的，顶了一头高高竖起来的烫发。走路慢悠悠，比常山一带的鱼馆老板娘要时髦潇洒一些。

几年前，我去四川甘孜，进入康定用午餐，招牌菜竟也是鱼。店家说这鱼生长在雪山下的河流里，喝的是融化的雪水，味道极鲜。一个偶然的机会，我听一位在西北跑长途的司机说，新疆阿克苏的苹果好吃，也是依靠雪水灌溉。康定的餐厅是简陋的，空白墙、杉木圆桌，但后墙开了扇大窗，雪山从窗外压过来。鱼为红油锅底，逃不开四川口味，对着雪山，我们吃得很过瘾。

在常山吃鱼，鱼无时不在的。

前几次，我们依据推荐指南去寻鱼，吃过亚东饭店、新渔夫鱼馆、先进鱼馆，觉得极好。过几日，懒惰了，随脚进一家，连招牌也没细看，也极好。如此说来，倒不好向人推荐哪家鱼馆了。如果说哪家更好吃，我觉得不大公平。一是我在常山还吃得不够，二是目前还比不出。但说哪家的老板有特色，大概数亚东饭店。结账时，他家老板把一把油光发亮的老算盘拨得噼啦啪啦响，一脸神气，颇有古风。

如果有时间，在常山可散步闲逛，拣点当地的小吃，待逛得疲乏，便转进一家小餐馆，吃鱼。再小的餐馆也有鱼，也做得好，也许只是做法相对少些。要是哪家餐馆里没有鱼，在常山，倒是不可想象的。

2

朋友介绍我一位很熟悉常山鱼的人，叫旋哥。

旋哥发来"常山鱼"的介绍清单，黄尾鱼（黄尾鲴）、鲫鱼、鲤鱼、草鱼、鳊鱼、翘嘴鲌（白花）、麦鱼（青尾鲴）、苍条、马口、花姑鱼……原来常山鱼品类颇多！

有鱼的地方，离不开水。常山虽是山城，水也不少。据《常山县志（1988—2005）》（2008年版）记载，截至1985年底，全县水域面积三千五百公顷，其中河流面积一千二百公顷，水库山塘面积一千三百公顷，沟渠面积九百多公顷。

这样看来难免眼花缭乱，但好记的，常山县域内有十一条溪流，其中的常山港、芳村溪、龙绕溪、虹桥溪为当地的主要养殖水域。旋哥常去的芙蓉水库、千家排水库、狮子口水库等，都在这些水域范围内。

旋哥是常山当地人，是个钓鱼发烧友。

他给的清单中的鱼，都是上过他的钩的。不过论钓鱼的喜好，他最喜欢钓黄尾鱼。黄尾鱼生活在水库水体中下层，吃藻类和浮游生物。咬起钩来，劲儿大，十分过瘾。

摄影圈也常用发烧友。这词很妙，发烧友，一想起就如发起烧来。法国作家司汤达在他的《司汤达论爱情》中写道："爱情就像发高烧，它的产生和消失绝不以人自己的意志为转移。"可见钓鱼也足够让人心旌摇荡、不可自控。

我虽不钓鱼。但在身边浙西一带的亲朋好友中，钓鱼的发烧友不少。

其中一位同龄的挚友，自五岁开始钓鱼，第一课是学穿鱼饵——蚯蚓。她说，钓鱼的好处在于静坐时可以什么都不想，又可以什么都想。可见钓鱼时身虽坐着，心却可信马由缰。她是坐在河边的哲学家。

比如旋哥，坐在常山的湖边，便觉得这世上所有的山川清风都是他的了。他说：

"一竿一世界！"

这样说来，钓鱼似乎接近于禅修。

美国作家诺曼·麦克林恩在《大河恋》中描述了位于蒙大拿州热爱钓鱼的一户牧师家庭，书中写道："钓鱼的人，体内都有某种东西，要使垂钓成为一个苏世独立的完美天地。我说不上来，这某种东西具体是什么，存在于何处。"

家中一位兄长也爱钓鱼。有一次，他带我去钓溪鱼。他说，溪鱼是极聪明的，看见岸上的人，便不亲近了。因而我们找了块河岸边的大石头，蹲在后方，仅鱼竿垂在大石块上，"守石待鱼"。

我问兄长，钓鱼好玩的是什么？他答，你等着，控鱼鱼

　　　　　　　　　　　陪花再醉一会儿

线剌剌响起来，那叫一个刺激。

《大河恋》中这样描述："诗人说到'瞬间'。可唯有渔夫才真正品尝过永恒浓缩到瞬间的滋味。"可见钓鱼等同于写诗。

不过，钓鱼的境界也因人而异。于我而言，下次再以这样的钓法钓鱼，我想我应当带上一包瓜子、一个枕头，以及一本书。在鱼的不远处，悠闲度过一个下午。

3

说起来，虽常山鱼种类众多，我最喜欢的，还数辣烧杂鱼。杂鱼，包含多种溪鱼，常有石斑、苍条、马口、溪哥、汪刺，用红烧做法，加辣椒、紫苏。

常山的辣不必多说，辣得清清爽爽，辣得令人五体投地，吃起来直叫过瘾。辣烧杂鱼当中搁紫苏，也可搁青蒜叶。鱼汤呈咖喱黄，许多人用鱼汤浇饭，可连下几碗。

鱼汤的好，不仅在于有鱼的鲜味，还有一种馥郁浓厚的香，在于山茶油。

常山的山茶油很有名。其实常山所在的衢州市域一带，烹饪荤菜都爱用山茶油。山茶油本身有种"油气"，加入锅

内要烧烫，一直将"油气"去掉，再放入香料、鱼烹煮。不仅烧鱼，常山当地还用热的山茶油浇索面汤头、煎醋糕，十分有风味，是能引起人乡愁的那种风味。

我爱钓鱼的兄长也爱用山茶油。上学时，他教我烧鱼好吃的秘诀，倒不是放紫苏，而是要用山茶油。并且得是地道老家的山茶油。每到深秋，家乡的老人都去山上采茶籽。

对于没见过茶树的人，我推荐11月去常山一带的茶树园看一看。最好选水边的茶树园，最好在傍晚。茶树花是白色的，极清丽、朴素，茶树本身是暗绿色，如果在傍晚去看茶树花，暗绿色的枝叶被夜色吞没了些，白色的茶树花点缀在茫茫夜色中，夜色下的水面泛起微微涟漪。很美。我曾经在乡间的傍晚见过一次。

说回鱼呀。

溪鱼要够鲜，还有一种讲究，是洗净了剖开，去掉内脏后便不能再洗了。这是我年近七十的凤凰伯母告诉我的。她说，内脏去除后，鱼的内外大多黏糊糊的，许多人爱干净，特地用清水冲一遍，但这样鲜味便少了许多。

伯母煎鱼，用土灶，土灶后坐着一头白发的伯伯，他负责控制火候。这是冬日里的一种家庭游戏。他俩像远古时代走来的人，慢吞吞地配合烧着一锅溪鱼。伯伯说，这时候的鱼，和人一样，怕冷，静静地躲在水的深处，一动不动，日子一久，便肥美了。

石斑、苍条、马口、溪哥、汪刺，都是常见的溪鱼，个头小，容易入味，极鲜。肉质细嫩，只要放入嘴巴轻轻一抿，鱼便下肚了。

说起轻巧，溪鱼小，刺却是极密、极多的。

有个成语，如鲠在喉，说明自古以来吃鱼便是危险的事。

有位舟山的朋友，她母亲在水产车间工作。早些年，工人们是默认可以"带鱼"回家的，特别是长长的大活带鱼，腰上一缠，口袋里，螃蟹两三只，大摇大摆地走出去。据她说，那时她的每顿餐食皆不下四盘鱼。神气！但有一日，她随我到常山，一块鱼夹在碗里，吃得极慢，吃一口，又连鱼带刺吐出来了。

原来是吐不来刺。

还有一位年长的好友，供职于一家研究所的外事处。有一年，她负责接待日本专家，两国友人边吃边聊，一位专家不出所料被鱼刺卡了。大家手忙脚乱上医院，好友跑上跑下挂号付费，待她回到诊室，专家对着好友郑重其事地翻开他的手帕，一层层地，露出一根已取出来的鱼刺，他说："留个纪念。"

海鱼大多体积大，主刺被剔除，其他部位与常规的肉无异。在日本，正中的大鱼骨，通常用来油炸作下酒小菜，十分鲜美。

可见吃惯海鱼的人并不一定擅长吃溪鱼。但鱼刺卡一卡，也没什么大不了。人生之事如鲠在喉，何其多见。卡得多了，还能得出一些经验来。

一位替我拔鱼刺的年轻医生告诫我，吃鱼时，切勿兴高采烈，切勿心事重重，要心平气和且专心致志。吃鱼也如修行啊。当然，还要有些天生的本事，比如嗓子眼大。

夜晚吃鱼也得小心。

夜晚拔鱼刺，设在急诊通道，通常不配喉镜，只能靠医生的眼力、手力——一手拉着舌头，一手找鱼刺。医生命令你发"o"，被裹着纱布扯着长长舌头的你，只能艰难发出"yi"。发"yi"是要被教训的。这样的时刻，门口一长串等着拔鱼刺的人，皆全神贯注地盯着你被拉长了的舌头。但有一点好，若拔成功了，大家便"哇"的一声赞叹，一同鼓起掌来。

4

溪鱼伴随着我的生命。

很小的时候，家中的长辈用呈夹角的两块竹帘拦在河流的激水处，并在开口处搁上新折的树枝。鱼群顺着水流游过来，落入陷阱，因为树枝的阻挡，极难返回。等农人傍晚回家捡鱼时，鱼儿仍然是活蹦乱跳的。

还有一种"盲抓法"，需得等山洪滔天的时候，水面浑浊，用一张超大的圆形网，柄长六米左右，网直径一米左右。站在河岸，逆着河流随手一捞，网中小溪鱼、小螃蟹、小石子儿混在一起。

不知道曾生活在常山江水旁的古人用什么方式来捕捞溪鱼。那时候，亦有紫苏了吧？

随散落水面的

樱花的拍子猛冲吧——

小香鱼！

日本江户时代的诗人小林一茶的这首俳句，令我倍感亲切。春樱盛开的时节，诗人站在溪边，看纷纷扬扬的樱花瓣飘落水面，群鱼熙熙攘攘地凑上前来吸啄花瓣，尤其可爱。

这也是我常做的游戏。在水面投下一枚竹叶，看溪鱼成群结队地游过来。在夏日炎炎中，或将自己投入溪中，它们也会成群结队地围过来。溪鱼很警觉灵敏，但却可亲。

小时候，我读到《庄子·秋水》中那篇著名的"濠梁之鱼"，"鱼出游从容，是鱼之乐也"，我总认为说的是溪鱼。

"'汝安知鱼乐'云者，既已知吾知之而问我。我知之濠上也。"真正的快乐，是自己觉得快乐，只要自己满足了，又何必在意他人的眼光。这样的道理，古人借鱼，在两千多年前就说清楚了。一位从事文化宣传的常山友人戏称"吃鱼前得陪鱼再聊一会儿"，这是很有必要的。

年长一点，读到庄子的"北冥之鱼"，确认是条大海鱼。"北冥之鱼"气势磅礴，但于个人而言，始终是"濠梁之鱼"更觉得亲切。

说起吃鱼的历史，哪里说得完呢。全世界吃鱼的历史实在太悠久，中国那些关于吃鱼或看鱼的诗词歌赋，也如宇宙星辰般浩瀚无边。

在宋诗之河里，听说常山江作为其中一段，许多古代诗人走水路，都要经于此江。那时候的宋代之鱼，与现代鱼有何不同？

朝鲜王朝时期的学者丁若铨，被流放到遥远的黑山岛，心情愤懑。在这海角天涯，他认识了当地的渔夫张昌大，向他学习如何认识鱼。在记录他的韩国电影《兹山鱼谱》中，他从一种名为鳐鱼的鱼身上习得：鳐鱼有鳐鱼的路要走。人在何种境遇中都如一条鳐鱼，去生发新的生活热情。因而，他重拾自我，编写了流传至今的《兹山鱼谱》。

鱼有鱼的路要走，人也有人的路要走。

是啊，就像我喜欢溪鱼，旋哥却最喜欢鳜鱼。他说，"桃花流水鳜鱼肥"，很多餐馆常以红烧的方式做鳜鱼，他却喜欢仅用葱油，守其原味。保留本真，顺其自然，如常山鱼的静默、日常，它不珍稀，却如每一个小日子般珍贵。

妈妈的早餐铺子

何婉玲

当老妈说要做早餐铺时，我和我妹几乎异口同声地反对："千万别！"

黄瓜黄，青瓜青，豌豆颗颗如珠玉；鳜鱼肥，鲜虾嫩，瓮中的腌菜赛百味。这些鲜活食物，在厨艺家十八般工具之下，切、搅、剁、煮、炒、拌、煸、焗、炸、煎，不同的食物相遇、相恋、相融，诞生出一道道美食艺术品。

吃了老妈十几二十年的菜，发现我们与美食的艺术完全无缘。她似乎独爱简约风格，各种烹饪，到她手下，出神入化，化繁为简，放油、清炒、起锅，两三招搞定一道菜，清炒包菜、清炒豇豆、清炒茄子、清炒鸡蛋、清炒辣椒、清汤炖老母鸡……

可是妈妈呀，您为何不让鸡蛋和青椒在一起呢？那将会有多美味!

她的漫不经心，她的随意潦草，让我们的十几二十年缺失了多少美味，也让我们深深地体会到她对食物和料理的冷漠和无所用心。

即便这样，在我们的百般阻挠下，妈妈还是推着她的早餐车，义无反顾地站到了街头。

终究还是闲不住的。

老妈的早餐车面朝马路，身后有一个菜场。你见过凌晨五点的菜场和街道吗？曾有人说：当你对生活感到绝望和不满的时候，可以到菜场逛一逛。

一切都是崭新的，一切都是朝气蓬勃的。天气微凉，草尖儿还带着露珠，红绿灯路口人行指示牌上的绿色小人跳起了早操，骑电瓶车的姑娘罩着一件外套，大嗓门的妇女喊着她丈夫的名字走进菜场。嘈嘈切切，到处是市井之音。

汪曾祺写："看看那些碧绿生青、新鲜水灵的瓜菜，令人感到生之喜悦。"

集市街头，看菜场的人生百态，就会重新萌发对生活的热爱。所有物质的、精神的追逐，都不如电子秤上放一把长豇豆来得真实和充满希望。

　　一辆出租车停在路边，拖着一脸倦容的司机从车子里下来："大姐，给我来三个肉包。"他付了钱，提了包子，坐在车里埋头吃了起来。

　　包子像济州岛种植的柑橘丑八怪，皮糙肉厚，不同于包子店的鲜肉包，白嫩如婴儿肌肤，软绵绵，腾腾香，老妈的包子看起来又敦厚又老实，沉甸甸一个，如灰头土脸一老头。

　　"阿姨，您的豇豆饼有点焦了。"一个小男孩说。圆脸板寸头，背着书包，是附近上学的初中生。

　　"啊呀，真不好意思，煎过头了，我给你重新煎一个吧。"她满是抱歉和不安。

　　"不用啦，边上还能吃。"小男孩又多买了一瓶娃哈哈AD钙奶，朝着学校方向走去。

　　我妈继续发挥着简约的做菜风格。

豇豆饼里的豇豆需凌晨提前做好。碧绿碧绿、细长细长的豇豆，切成丁，锅里放猪油，清炒一翻，加盐加酱，添水收干，起锅入盘，满满一罐。揉好的面团里裹入炒好的豇豆丁，封口，用手掌压至圆饼状，放入倒好油的平底锅里煎。锅油滋滋然，舔舐着豇豆饼的白色面皮，直至金黄。

"你知道吗，今天那个经常到我这儿买豇豆饼的小孩夸奖我了，说我进步很大。"一周后，老妈来电，兴高采烈。

在那之后，但凡我们指出老妈餐点上的不足，她总会理直气壮地说："就你们俩老说我做得不好吃，人家小孩子都夸我进步！"

在小男孩的夸奖之下，老妈顺势又推出了豆腐饼。豆腐滑嫩无骨，水汪汪，顺溜溜，还剁了红辣椒，一红二白。面饼、豆腐一起咬进嘴里，又辣又烫，高调地挑逗着味蕾。也难怪老妈将豇豆饼、豆腐饼列为她的畅销品。

茶叶蛋在锅里煮，茶汤深棕色。久煮壳裂，莹白的蛋皮上镀上好看的骨瓷花纹。老妈穿着橘红色围兜，戴着橘红色早餐帽，和初升的朝阳同样色彩。

陪花再醉一会儿

"大姐，包子再来三个。"夜班的司机天天来，这一天他没有回到出租车内，而是站在老妈对面，"大姐，你这包子和我妈做的一样，我们乡下的包子就这样，厚实，一吃就饱。"

母亲的早餐铺越来越丰盛，除了豇豆饼、豆腐饼、茶叶蛋、大肉包，推陈出新，葱花馒头、酱粿、粉蒸肉，连各色早餐奶也整整齐齐地摆了一排。

做了一个月以后，清明时节，母亲来杭州看我，提了一大袋粽子。母亲走后，我把粽子分给办公室的同事吃。她们吃后竟然一致大赞："阿姨的手艺真棒！"

我将信将疑，细尝了一个，味道果然不赖。粽叶包裹得标标致致，糯米爽滑润口，粽肉肥瘦相间，腌菜、蚕豆瓣的香味渗透入粽粒。一切都恰到好处。

长久以来，我们带着偏见看待母亲，最亲之人反不如陌生人懂得欣赏，后知后觉，发觉她的好，有了得意，逢人便说，什么时候我给你们带我老妈包的粽子，可好吃了！

江南雨水多，盛夏多暴雨。我说这样的天，回家吧，不要做了。母亲却说，不卖早餐，下雨天的，那些早起的司机和学生岂不要饿肚子了？

　　搞得好似离开了她，一大堆人要没饭吃了。

　　她将太阳伞绑在三轮车车头，用棉线缠了一圈又一圈。雨水哗啦啦地奔涌进下水道，汽车的雨刮器刮得像个拨浪鼓。风往四面八方吹，她又拿出纸板，将平底锅围了二分之一。她细瘦的胳膊从袖口露出来，脚下穿一双亮红色的雨鞋，白色酱粿在油锅中翻了翻，酱粿心里一热，香味就飘了出来。

　　也许是因为那把大伞，也许是因为今日的大风大雨，她显得异常瘦小。

　　那一瞬，我觉得她瘦小的身子里有着某种不可撼动的倔强，还有伟岸。

　　心有所念，必有所执。

　　有时希望母亲的早餐铺子生意兴隆，有时又希望早餐铺子生意冷淡；有时希望这一点小小的营生能带给她满足，有时又希望她好早点"卷铺盖走人"。

多年以后，她仍惦念着她风雨中飘摇的那辆三轮车，油锅热了起来，蒸笼一层层叠上去，街上响起了第一声车铃："我的葱花馒头是城里一绝，料足新鲜，如果现在还做的话，手机、报纸给我宣传宣传，讲不准啊，大家要排队来买咯！"

美味酱黑的茶叶蛋，外脆里嫩的豇豆饼，松软喷香的葱花馒头，绵绵糯糯的粉蒸肉……谁能说，这一件件精致的母亲牌早点，哪一件不是艺术品？

剥笋指南

周华诚

中午做了一碗黄鱼笋片汤。很简单：整条黄鱼用油煎一下，入一点姜丝，倒进滚水；把切得极薄的笋片下锅，搛下一点倒笃菜，就这样慢慢地煮。煮了二十分钟，一碗汤浓肉嫩味鲜的黄鱼笋汤出锅。

大寒，一年当中最后一个节气，我用这样的吃的方式，与千百年来流传的传统文化发生联结，因为在冬天，江南的笋，最是时令的妙物。那些笋子说不定昨天还在山里，藏在黄泥之下，直觉季节的变化而悄然萌动；闻风而动的山农——说不定真是从吹拂的山风里感受到的笋意——他荷一柄镢头上山，笋山陡峭，覆盖深厚腐殖质的黄泥，犹如保暖的厚衣包裹着冬笋。挖笋这件事必须依靠天赋，或者有如神授，你看他爬了半天的山，身上已然蒸腾起热气，他站在林

　陪花再醉一会儿

间，竹叶在微风中飒飒作响，他闭上眼睛听了一会儿，听见了笋在泥土中生长的声音。此时他需要辨别笋的方位。于是他抬头望向天空。此时此刻，天空很深邃，一个一个星球距离都如此遥远，他叹一口气，举起镬头就开始挖身边那一片泥土。也许是泥面上一小条裂缝向他泄露了笋的秘密，也许是方才一仰头时外太空传来了笋的信号，总之，他对脚下的这一片土地充满了信心，他一下又一下挥动镬柄，许多泥土被翻过来，过了一会儿，他的动作变得轻柔，变得小心翼翼，因为一枚小小的、浅黄色的、有着弯曲茸毛的笋尖，已然出现在了眼前。他已经猜到，这会是一枚大笋。正如海明威所说，"冰山运动之雄伟壮观，是因为它只有八分之一在水面上"。海明威写小说，永远是向读者隐藏了那八分之七，这种神秘主义，简直和冬笋是殊途同归。我喜欢海明威的短篇小说，比如那篇《白象似的群山》，阅读的感受就好像有人用切片机把一小片时光给切了出来，我们所能看到的，是那一个切片里零零碎碎的场景，有一句没一句的对话，其实这就是真实日常的全部，它不向突然进入的人交代所有真相。如果你忽然来到山上，忽然进入一片竹林，感受就差不多——好像在读这样的一篇短篇小说，因为你不知道脚下什么地方会藏着一枚可爱的笋。海明威说："你可以略去你所知道的任何东西，这只会使你的冰山厚积起来。"他说得对，笋正是这样做的，只有山农——那个聪明的读者才可以读懂它，他耐心地，一镢头一镢头地阅读，越来越欢喜，被泥土覆盖的八分之七，正慢慢地显露出来。

我不舍得把一枚大笋轻易地用完。哪怕是在大寒。大笋被人挑进了城，摆上菜摊，接受挑选，来到我的厨房，这一路的颠沛流离令人感到忧伤；我用菜刀在笋壳上纵向划一刀，从这一个刀口向两边剥开笋衣，就好像剥开……对此我想写一篇《剥笋指南》，以便告诫所有剥笋的人，要尽量保持对一枚笋的爱护，下手宜轻，笋壳的很大部分其实娇嫩可食，如果全部剥去，对一枚笋来说就是暴殄天物，大大的浪费。《剥笋指南》是所有要对笋下手之人必读的，一枚笋应该被合理地尊重，而不是被草率地对待，即便一个有钱人可以买一大筐笋子来且只做一道菜，那是他的自由，但是我觉得如果真有这样的人，应该把他送到山上去挖一天笋——或者让他当一天竹子，如果有条件的话可以是一个星期。这样一来，他或许会改邪归正，成为一个对笋有用的人。因此，当我在厨房里面对这样一枚笋的时候，在大寒这样寒冷的日子里，有机会品尝到一碗滚烫鲜美的黄鱼笋片汤的时候，我内心充盈着一种感激之情。

我把笋片切成薄薄的，放进乳白色的鱼汤里一道煮，咕嘟咕嘟，咕嘟咕嘟，笋片的鲜美就滋滋地化出来，与鱼汤的鲜美融为一体，呈现为山野与水域的握手言和，它们带来了各自的气息。笋片只用去了一枚笋的四分之一，这样已经足够。对于一道菜来说，掌握各个食材之间的配比关系是厨师最重要的难题之一，其他的难题包括：火候，水色，咸淡，动静，快慢，独立与统一，抒情与议论，浪漫主义或者存在主义。剩下四分之三的笋，切成稍微厚一点点的笋片，再切上几片咸肉，再切上两根大蒜，大蒜要斜切，保持与笋片及肉片在视觉审美上的统一，如此，就有了另外一道咸肉炒笋片。当然，我建议把这道菜放到晚餐再烧出来，如果有红椒的话，不妨也切几片一道加入。于是，蒜青，椒红，笋白而微黄，咸肉透明，咸香飘逸，端的是一碗好菜。

菜场里的红尘

吴卓平

汪曾祺汪老云：

> 到了一个新地方，有人爱逛百货公司，有人爱逛书店，我宁可去逛逛菜市。看看生鸡活鸭、新鲜水灵的瓜菜、彤红的辣椒，热热闹闹，挨挨挤挤，让人感到一种生之乐趣。

1

的确，一座活色生香、热情洋溢的菜市场，会对每一个驻足之人敞开心扉，让人沉浸于滚滚红尘之中，怎能不爱？

我的一位作家朋友亦对菜市场情有独钟，每去往一个旅行目的地，必去菜市场逛逛。在她的眼里，菜市场充满了烟火气息和茂盛的生命力。而这些烟火气与生命力，则拉近了她和这座城市之间的距离。

有不少人嫌弃菜市场里的人声鼎沸、气味杂糅，独爱宽敞明亮、食物包装得干净整齐的超市。但她却执着地认定，超市不过是各种食材的冷藏室，要见识它们最生猛、最美好的模样，还是得撸起袖管、裤管去菜市场。而超市的保鲜塑料膜，则明显遮蔽了那种追逐采集的趣味。

她写过越南会安的菜市场，写过澳大利亚阿德莱德的菜市场，写过老挝琅勃拉邦的菜市场……甚至打算把游历十余国、逛遍百余个菜市场的经历结集成书，就连写在封面的宣传语都提前想好了，"观察一个城市的过去，去博物馆；观察一个城市的现在，去菜市场"。在她看来，一百个城市里有一千个菜市场，也只有在那里，才可以见识到最土的货，闻到最独特的气味，遇见最能侃的大爷。

我也爱逛逛菜市场、市集，每当情绪低落时，我就想置身于一个热闹的菜市场，置身于那种浓浓的喧嚣和鲜活中，那种熟悉、喧阗、接纳，能彻底治愈一个人。

2

四年前的中东之行，我从地中海边的特拉维夫乘坐大巴车来到耶路撒冷，很快，我便感受到了两座城市之间的不同：如果要贴上标签的话，那便是一个朝城，一个朝圣。

这大概就是这两座城市的最大特色。

由于恰逢周四，而第二天傍晚便是安息日：每周五日落到周六日落是犹太人的安息日，象征创世纪六日后的第七日，阿卡德语中单词"七"在希伯来语中意为"休息""停止工作"。大意是上帝老板干了六天活，也得休息一下。于是，城市里的市集、餐厅，全部打烊，甚至小超市也不例外。

而担心买不到食物的恐惧感，也在此刻加倍来袭，我只能无奈地在酒店附近的一个小超市随便买了一点水果，结账时才猛然发现，一小盒提子，不过十颗，折合人民币竟然高达一百元，不得不感叹以色列的物价比北欧还可怕。

幸好，第二天早上，我找到了马哈尼耶胡达市场。

在耶路撒冷，马哈尼耶胡达市场是最大的自由市场，与哭墙、大卫王塔齐名。而耶路撒冷的奇妙之处在于，神圣的宗教和世俗世界或许就是一墙之隔，犹太人圣域哭墙的另一侧就是伊斯兰教第三大圣寺——阿克萨清真寺，再步行一段不远的距离，便是烟火味十足的马哈尼耶胡达市场。

马哈尼耶胡达市场形成于19世纪末的一个犹太人社区。20世纪20年代，英国统治当局在市场原址上建立了永久性摊位，并加盖了屋顶，此举大大改善了市场经营条件，马哈尼耶胡达市场就这样在耶路撒冷持续经营到现在。

马哈尼耶胡达市场里近三百个大小商铺贩卖着各式新鲜蔬果、香料和犹太人的传统食品。安息日日落前的市场更是挤满了前来采购的人。

3

在马哈尼耶胡达市场，游客还可以品尝到各种中东特色小吃。如石榴茶、无花果饼、贝果、果仁蜜饼、鹰嘴豆泥、桑葚干、哈拉辫子面包、酥皮糕点、哈尔瓦酥糖和芝麻酱等，还有中国人很熟悉的"大饼卷一切"系列。当然，这是犹太版本的Pita，可以选择羊肉、牛肉、鸡肉或者羊肝、羊肾当主菜，还有腌橄榄、鹰嘴豆、腌黄瓜等十几种配菜可以选。

我急不可耐地点了一套，以色列大饼卷好配菜，夹上烤熟的主菜，抹上辣酱豆泥，将近一斤重，只卖人民币三十多块钱，这在以高消费著称的以色列，绝对堪称良心。

当然，小吃、土产、乳酪、干果、蔬菜、香料和咖啡，这些全是在中东地区我们能够预想到的常规摊贩，让我意外的则是那些餐吧与酒吧，居然就开在马哈尼耶胡达市场当中。

夹杂于肉贩和厨具杂货店之间，一家家小小的门面，装扮得并不酷也并不潮，倒显得很亲民很迷你，沿街洞开。我猜，平日里，里面应该零零散散地坐着下了班的年轻人和买菜路过的主妇，偷闲喝上一杯。

凭借着肢体语言，我在马哈尼耶胡达市场内采购好了未来几天的口粮，便在市场一侧找了一家咖啡馆，安心地喝起了咖啡。

早晨八点半的耶路撒冷，才刚刚苏醒，而一个菜市场带来的安全感与满足感，就和手边的这杯咖啡一样温暖。

4

同样的温暖，我在"慢城"常山也偶遇了一次。

记得那是第一次来这座小城，抵达时已临近午夜，饥肠辘辘之下寻觅果腹之处。不出意外，冬夜的大街，显得有点冷清。

在一位本地朋友的提示下，我在市中心的一座菜市场内有意外发现：连成一片的夜宵排档，竟然就开在菜市场之内，人头攒动，觥筹交错，热闹非凡。

在天马美食大排档，我们一行人没花多少钱就解决了那一天遭遇到的最大困顿，还惊喜地解锁了好几道地道常山美食。

第二天，我和朋友聊及此事，才发觉，外人眼里的奇妙所在，不过是本地土著的稀松日常。朋友便时常光顾这里，说有时吃夜宵吃到凌晨，就干脆等到早市开市，吃了早饭顺手捎点新鲜菜蔬再回家。夜晚是江湖儿女，天亮是居家男女，就跟这座城市的现代化发展与慢节奏生活一样，有着奇妙且迥异的AB面。

这之后，我又陆陆续续来了十几趟，而逛小城菜市场也成为最期待的节目。我钟爱如此充满市井气的地方，可以借着食材，和当地人在讨价还价中获得很多朴实有趣的信息。

走过一个又一个摊位、柜台，把蔬菜瓜果轻轻掂在手里望闻问切，看它们的身材容貌，听它们的呼吸吐纳，可以识别它们的身世和来路。顺便被勾起一种欲望，开始想象，当自己带着它们回到家中，应该操持成什么样的菜肴，才能激发它们生命里隐藏的那股力量，以便掌握在未来的时间里，它们跟你在厨房里是否能够琴瑟和鸣。

5

当然，相比其他季节，我最爱逛春天的菜市场。而常山这片水土温润的江南之地，自然是新春尖儿货的集大成之地，各种新鲜的春菜、山货都摆放在眼前。

香椿作为春天的独有馈赠，赏味期限极短，自然抢尽了风头；春笋也不甘示弱，以一身洁白水嫩，博得大家眼球；沉淀了一整个冬季的白萝卜，生吃也爽脆鲜甜，毫无辛味；黄瓜、水芹菜、马兰头、荠菜、红菜苔、慈姑、菠菜、蒜苗……深浅不一的绿色中添上几抹雪白嫩红，画出了一幅清新自然且浩瀚的江南春食图，而识货之人总能慧眼识珠，从中挑出成色最佳的那一款。

春末夏初，如若运气够好，还能在菜场中买到荷花。清清秀秀的荷花，通常被一小捆一小捆地载在自行车后座上，遗世而独立地站在一堆肉菜之间。买完菜的主妇与煮大们，若是觉得不太贵，就来上两枝，随手插在菜篮子里带回家。

充满烟火气的浪漫，不过如此。

6

记得我的那位常山朋友还曾跟我说起，在常山，男人们下厨是一件很稀松平常的事。他们在家中掌勺颠锅，在灶台边叱咤风云，只为赢得伴侣的一声娇赞，也让下一次炊煮倍添动力与热情。而他们讲究起来，甚至比女人还细致，主菜、配菜、佐料必须亲自把关。

所以，在常山的菜市场，我常常可以见到一些高大帅气或冷静谨慎的"煮夫"，这里闻一闻，那里挑一挑，走位巧妙，眼神老练，手法精准，像个心思缜密的私家侦探一般。在我看来，一个认真烹煮的人，无疑是明亮的，浑身散发出温暖的光芒。去趟菜市场，洗手做羹汤，拾起那只锅，立于那个灶台前，世间的纷扰繁复便与自己不再相干了。

也正因为如此，在菜市场中观瞻"煮夫"们的菜篮子也是一件饶有兴味的事，你能估摸出他们会费小半天工夫操持出怎样的一桌好饭菜。同时，你也能为自家的菜单增添灵感和乐趣。

譬如这位老伯，拎着一大袋粉嫩排骨和一瓶醋，许是今晚要烧糖醋排骨了，若是再放上几粒梅子，味觉应该会更有层次吧，我猜。

再譬如这位大哥，拎着一只煺完毛的鸭子和一袋子土豆，一脸喜庆，他会做啤酒鸭？还是土豆烧鸭？或是爆个酸辣土豆丝呢？身处菜市场，一家家的生计幸福，纷至沓来。

7

最近看了一本人文生活类杂志，其中有一篇人物专访，采访作家冯唐。记者的一个提问，令我印象深刻。

怎么看待菜市场？

冯唐的回答，既精妙又准确。他说，下水道是一座城市的良心，而菜市场与博物馆、书店、咖啡馆一样，是一座城市的美感所在。

说得没错，无论是大城还是小城，"圣城"抑或"慢城"，我都深有感触，菜市场犹如一座巨大的关系磁场。身处其中，一个人能够与食物产生关系，与节气产生关系，与自然产生关系，与更多人产生关系。因此，美好的事，自然随之发生。

"观察一个城市的现在，去菜市场。"我觉得，也只有看过一座城市的当下与生活，你才能与这座城市产生肌肤之亲。因为菜场不只是买卖的所在，还是物产起落的地点，更是动态的地方生活博物馆，周遭乡野食材每天都在热闹上演，不仅仅是物种品类，每一种食材的品种、大小、成熟度，都可以容纳与审视。

如果来常山，我的建议是不妨去菜市场逛逛。有时候，平淡如水的生活，也会因此而火热。

常山四味

黄良木

白石辣椒

我的祖辈，从江西的南丰迁徙到常山。据父辈们讲，没从南丰"蜜橘之乡""傩舞之乡"传承到什么，倒是学会了种植辣椒和爱吃辣椒。

辣椒的本性属旱地作物，正好适应了白石丘陵山地的土壤和气候，因而农村实行生产责任制后，家家的自留地里都种有数量不等的辣椒。

家乡白石，位于浙赣两省三县交界处，这里有一条狭长的街道——白石街，历史上是商贾要道。清代诗人陆菜经过白石街时，写下了《玉山至常山》，诗句中有"海椒还北贩，山药向南装"。到了我的父辈们，大多勤劳，擅种辣椒。自家吃不完，就摆到白石街上去卖。辣椒成熟时，五天一次的墟日，红辣椒摆满一条街。由此，白石街又成了"红辣椒一条街"，白石镇也被冠以"辣椒之乡"的美誉。

还在读中学时，我就一直跟着老父亲学种辣椒。先是在收割好的麦地上挖开松土，然后将其平整成一畦一畦的弓状地块。接着在地块上挖出浅洞，这个往往是父亲完成的。我只是在浅洞上撒点鸡粪等肥料，然后在每个洞上放一株辣椒苗。父亲用小锄把辣椒苗按入土中轻轻敲实，我便一株一株挨个浇水，最后再在辣椒苗地块的间隙中，铺上嫩草或猪栏肥。如此，第一次种植完成。

此后几天，如果不下雨，每天清晨或傍晚还得去浇水。但是又不能像稻田那样筑水灌溉，那样的话，即使辣椒树长大了也容易掉叶子或发瘟病。等到辣椒和杂草同时长成后，还要不断除草施肥。一个月之后，辣椒的枝丫间慢慢地长出白色小花。小花渐渐落去，就见笔尖似的小辣椒吊在枝丫上，青翠可人。一串串辣椒如待字闺中的窈窕村姑，由青泛红，只待出嫁。

父老乡亲善种辣椒，辣椒成了家乡的主要蔬菜。青辣椒炒咸菜，喝粥下饭都不赖；到红艳艳时，几乎什么鱼肉类都可以放辣椒拌炒，无辣不成餐；秋冬成熟摘下，或腌制，或磨粉，更是一年四季的美味佐料。

父亲十分爱吃辣椒，母亲的辣椒炒鸡蛋成了一家人常常想念的一道佳肴。每当辣椒炒鸡蛋上桌，老父亲一口老酒，一筷辣椒，悠然自得地跟我们聊家常。这样的习惯，我如今也在延续着，遇上轻微的伤风感冒，就多吃些辣椒，等到辣出大汗的时候，身体也舒泰多了。

中学毕业之后，我通过考试有机会到县里的宣传部门工作。于是，"辣椒之乡"的新闻常常出现在我的笔下，并且通过图像、文字和声音传到千家万户。对于家乡辣椒产业的变化，我更是关注有加。像农户建立辣椒基地，镇上创建辣椒市场，村民办起辣椒深加工企业，等等。有一年，我听说"辣椒之乡"试种起了秋辣椒，十分期盼。我们摄制组来到了一个叫五谷塘的山坳里，这里有一位县城的农业技术干部试验的一个项目：原先辣椒只种植一季，但他通过大棚温室育苗，引进优良品种，进行杂交试种，春夏秋三季都可以种上辣椒，大大地改变了辣椒作为短期新鲜蔬菜的命运，同时提高了效益。这样，"白石辣椒一年四季可尝鲜"成了一大新闻。

几十年了，辣椒成了我的好伙伴，一日三餐少不了它。有一年，我在杭州萧山实习，每天总觉得缺了点什么，原来是想辣椒了。想方设法弄了一点辣椒粉，也找不到老家土辣椒的感觉。再后来，每逢出差或外出旅游，我必备一瓶家乡的辣酱。每次等不及回家之日，辣酱早已瓶底朝天。

最近的一个双休日，我来到生我养我的家乡。步入白石街，印象当中"红辣椒一条街"的景象已荡然无存。心想，也许是时节不对，也许今天不是墟日，也许是家乡的产业结构调整，辣椒不是主产业了。正当我无所适从，朋友指点：你到草坪村去看看。

就在草坪村办公楼附近，我在村党支部书记林芳良的指引下，看到十多个大棚组成的辣椒基地。走进白色大棚，里面是一片辣椒树，一只只水灵灵、红艳艳的辣椒挂在枝头。随后，我们又来到辣椒酱的生产车间，在十多个工作人员的操作下，一瓶瓶辣椒酱缓缓地由流水线生成。

林支书说，白石"辣椒之乡"的名片不能丢，村里大棚加露天种植，现有辣椒基地有近三百亩辣椒田，还注册了"草坪红"辣椒酱品牌，产品远销大江南北。

常听人说，四川人不怕辣，湖南人辣不怕，而辣椒之乡的白石人怕不辣。愿家乡继续发展辣椒产业，保持辣椒精神，因为那是父老乡亲的根。

球川索面

在一个农家乐里喝酒。结束离席之时，老板娘端出了热气腾腾的索面，一人一小碗。看到那红彤彤的辣椒油，食欲陡增，三下五除二，就把一碗索面收入肚中。过瘾。

走南闯北，念念不忘的还是家乡的索面。索面由优质小麦面粉，经过多道工序，用手工拉伸晾干而成。记得我还在读小学时，一天跟随大姐夫到一亲戚家去游玩。看过姐夫拿手好戏阉猪仔后，亲戚家为我们各煮了一碗索面，我一下子就把面吃光了，大姐夫还笑我说："你找不到索面头了吧。"都说，饥饿的时候什么都好吃。何况亲戚家拿土榨山茶油做汤料，还有自家种的韭菜和辣椒为佐料。

20世纪80年代初，我在产粮大乡龙绕乡的政府工作。每到联系村冯家滩走访，就要到冯姓青年家里去观摩他制作索面。从面粉制成索面，纯手工技术，既烦琐又辛苦，起码要十多个小时。

在秋高气爽的下午，冯师傅按比例加水加盐加油，开始揉面，和成均匀的一团，放在大缸里醒面。吃过晚饭，夫妻俩把面团切成长条，面上涂匀一层层山茶油，以防止面与面之间粘连。到了凌晨时分，他们起床，开始盘面，将面一圈一圈盘在两根索面箸上（面箸一般用大拇指粗的竹竿做成），每箸上盘二十圈左右。再到天亮时分，他们就开始出面了，将熟透的面拿到阳光下或通风的室外，再将一根面箸插在面杠上方的小木孔中，用手将另一根面箸轻轻下压拉长，直拉到两米许。看到一排排银丝高高挂起，就像一道道垂挂的门帘，冯师傅自豪地说，这就是地道的"索面"。

后来，我调到浙西边陲球川工作，集镇上手工业发达。据说，抗日战争时期，城里的手工业者为了躲避敌机轰炸，纷纷来到球川安家落户。镇上聚集一大批能工巧匠。他们加工生产豆腐、棕绷、雪片糕，同时也做传统的索面，还口口相传索面被赐封"贡面"的故事。因球川地处山区，山上多藤楮、寒芒，故生产的纸张质地上乘、久不发黄。一时间，在京城，球川纸比洛阳纸还畅销，连会试、殿试都用球川纸，因而被称为"球川官纸"。每当"球川官纸"运往京城，总要搭载一批精致的索面。据说，有一回嘉靖皇帝品尝索面之后，大加赞赏，下旨将球川索面列为贡品，赐名"银丝贡面"。从此，球川索面有了新的名字——"银丝贡面"。

其实，我也知道，球川地处钱塘江和江西信江的源头。这里有清澈甘泉，有天然山茶油和生态小麦，到了工匠手中，演化成舌尖上的美味，称作"贡面"，当之无愧。

在常山，时至今日，几乎家家都备些索面。遇到有人伤风感冒，或者来了客人，都用一碗鲜香辣的索面垫底。农村里的红白喜事，有了索面就有了底气。特别是祝寿宴席，少不了索面上桌。庆寿当天，哪怕客人在家里吃过早餐，来到东家，一进门就有一碗索面迎接，美其名曰"祝寿面"。村里有媳妇生了头胎，左邻右舍都以索面相送。

球川豆腐

老家小山村，离集镇有几里地，赶集五天才有一次。母亲有次买豆腐回家，到了家里一称重量，发现少了几两，便想返回集镇上去补。我说相差几分钱，别劳心了。母亲说："不是几分钱的事，而是要称称卖豆腐人的良心。"

你可知道，那时候，一天挣工分的钱，最多也才几角几分。

后来，一些头脑灵活的豆腐师傅，做成水灵灵的豆腐挨家挨户上门兜售。村民的家门口，除了有挑货郎担的，还有挑豆腐上门来的。货郎担往往是小朋友的期盼，而那个挑豆腐担的，就是家庭主妇的希望。随着"卖豆腐喽"的吆喝声越来越近，母亲就拿出卖鸡蛋的钱买两块豆腐。有时候，也拿出家里收成的豆子交换，而黑色马料豆（不是黄豆）往往不值什么钱，经过一番讨价还价，方才完成交易。

在我印象当中，本地一个五大三粗的青年人，常常挑四板豆腐上门。离我家约十里地远，一个叫"喔妈妈"师傅做的豆腐特别畅销。地方上哪家要做喜事请酒席，都要亲自上他家去订购。

最难忘的是，老母亲打制石磨的事。对我家来说，石磨是一件可望而不可即的工具。把豆加工成浆，做成豆腐，必须用到石磨；可一生务农的父母亲倾其所有，也勉强吃得饱，哪有钱去添置石磨。老母亲为了磨豆腐，常常跑东家求西户，到有石磨的农户家去排队等候，逢年过节往往要等到掌灯时分才轮得到。

直到责任田分到户后，家中条件才略有改善。几年后的一个秋天，母亲终于请石匠师傅打制了一副石磨。"请"回家的那一天，当场用新石磨磨出了豆腐浆。其心情之喜悦，不亚于建了一幢好房子。"这可是牙缝里挤出来的呀!"母亲说这话——是多么的无奈和欣慰。

后来,我几个姊妹离家外出谋生,年近古稀的老母亲实在拉不动石磨了,方才把石磨像古董一般地摆放在堂前,如香案一般供奉。因为,这是母亲人生中办的一件大事,也是她多少年的梦想。

偶然读到朱熹的《豆腐》诗:"种豆豆苗稀,力竭心已腐。早知淮王术,安坐获泉布。"据说,西汉淮南王刘安好道,向往长生不老。他重金招纳方术之士,在八公山上谈仙论道、著书炼丹,用山中的清泉水磨制豆汁,又用豆汁培育丹苗,谁料仙丹没有炼成,倒是豆汁和石膏成就了鲜嫩绵滑的豆腐。明代医药学家李时珍在《本草纲目》中也写道:"豆腐之法,始于淮南王刘安。"这样算下来,我国豆腐制作的历史已有两千多年。

要论豆腐味道好否,恐怕与豆子及水质有密切关系。20世纪90年代初,我在球川镇上工作。那里青山绿水,工业污染几乎为零。此地豆腐多采用手工制作,用水取之山溪清泉。古老的豆腐坊内,石磨、豆腐灶、沥浆架、榨架、豆腐架都是祖传的。集镇上有几十家专做豆腐,还有数以百计的能工巧匠，奔向全国各地制作豆腐。豆腐品种，有白豆腐、米豆腐、臭豆腐、炸豆腐等十几样。他们的技艺世代相传，并采用传统配方，做成的豆腐总是与众不同，清鲜柔嫩，外形细若凝脂，口感细腻绵滑，拿在手中晃动却不散，投进汤中久煮也不碎。

那时候，到球川人家去做客，必定有豆腐上桌。遇当地农家红白喜事，也是豆腐主打。外地人请客，往往用闽笋打底，而球川的酒席是豆腐打底。"球川豆腐"已然是十里八乡的"招牌"。我还写过关于"浙西豆腐第一镇"的稿子，刊载于省级报刊。

再后来，我家搬到了县城，但我喜吃豆腐从未改变。每隔一段时间，我就想去小吃店吃一顿豆腐花。即使不加一点调味品，我一口气也能吃下两大碗。多年来，这是我早餐的第一选择。偶尔路过县城西门，弄堂里飘出臭豆腐的香味，我也会停下脚步，买上一碗臭豆腐解馋。

芳村香椿

古话说：门前一棵椿，青菜不担心。

前几天，我在常山县城偶遇了芳村集镇上的老朋友应成龙。中饭过后，阳光暖和，他提议到芳村去走走。芳村老街、芳村"未来社区"、芳村"椿秋红"，都是近年来的"网红"地。我当即拍板：走。

一脚踏进芳村镇下猷阁村，似乎就闻到香椿特有的醇香。一幅"中国常山椿秋红母树林"的白底大红字在绿树田边显得格外瞩目。基地负责人介绍说：这片"母树林"共计有二十多亩，种的是和中国林业科学研究院亚热带林业研究所共同研究培育的香椿新品种。经过几年的产业化推广，目前种植已经辐射到本县的多个乡镇及江苏、四川等地，面积达四千多亩。2021年，"椿秋红"被浙江省农业技术推广中心和浙江省林业技术推广总站推介发布为全省"首批林业新品种"。

在村中的一块高坪地上，有一座几十平方米的长廊凉亭，临风迎客，古朴气派，向导徐志芳已经在亭边等候。我们跟着徐志芳走进了"椿秋红"基地。葱郁的香椿树一望无际，在绿色的海洋中泛起了丝丝缕缕的棕红，显得雍容华贵。几位妇女穿着蓝底碎花衣服，扎着同色花布的头巾，身背竹篓，正在聚精会神地采集香椿苗。她们像采茶女似的忙碌，又如渔家女般自信。在温暖的阳光下，丰收的喜悦挂满了脸庞，美在了心里。采椿女说起"椿秋红"也如数家珍：我们这里的香椿和老品种比，最大优点是四季可摘，吃起来更加鲜香、清爽、脆嫩。产品畅销宁波、杭州、上海等大城市，一公斤香椿芽批发价六十至一百元，零售价达到一百六十元至一百八十元。

站在基地的高坡上，向远望去——蔚蓝的天空底下，是起伏的山峦；山峦下是一排红瓦白墙的楼房；紧挨着楼房的是层层叠叠的山地；山坳梯田中满眼都是绿中映红的香椿树。还有那几十个白色的大棚中，也是春意盎然的香椿树。整个村庄生机勃勃，椿意浓浓。

徐志芳告诉我说："我们这个偏僻的小山村，因了'椿秋红'，不仅开办起香椿主题农家菜馆，还有香椿食品加工厂。除了香椿炒蛋、香椿拌豆腐等家常菜，香椿酱、香椿酥饼、香椿面条、香椿红茶、香椿酱鸭等系列深加工产品也深受游客欢迎。如今，这里已经成为'网红'的打卡地。"

椿芽本是春季采吃，如今四季可摘可尝鲜。把这一品种引入常山的，是芳村镇下猷阁村的能人徐志坚。徐志坚领衔的团队选育出香椿新品种"椿秋红"，不仅产出快、产量高、四季可摘，而且亩均收益万元以上，提高了下猷阁村农户和集体的年收入，是常山"一亩山万元钱"的好品种。徐志坚因而获得浙江省林业产业先进个人、浙江省林业乡土专家、浙江省"最美林业人"提名等荣誉。

太阳西斜的时候，我们准备打道回府。好客的徐志芳拿来一把刚刚采摘来的香椿芽，说："你们晚上就尝尝鲜。"我们来到了千年宋镇——芳村的集镇上，找到一家饭馆加工。厨师立马就操作起来：将香椿芽用开水烫后捞出，切碎，然后把鸡蛋磕入碗内，加入香椿搅拌成糊状，倒入烧热的油锅之中。几经翻炒，一盘金黄翠绿的香椿炒鸡蛋出锅了。

看到桌上端来了浓绿兼金黄的香椿炒鸡蛋，一股馨香扑鼻而来，大家都心动了。在我记忆中的几十年时光里，每年春天，老母亲总是想方设法做一盘香椿炒鸡蛋打牙祭。如今在芳村，随时能吃到香椿。一夹入嘴，鲜美香辣，满口温糯，回味绵长。我由衷地称赞："就是这个味儿！"

山里人吃肉

姜　君

1

　　老家是在常山新桥，"新桥"是前些年刚改的名，原先一直叫"毛良坞"。穷乡僻壤、群山环绕的毛良坞在很长一段时间里，被所谓城里人戏谑为"两毛五"或"凉帽坞"，似乎是贫穷、愚昧、活宝的代名词。"你毛良坞来的啊？！"好朋友间这样打趣。

　　毛良坞人爱吃肉，而且爱吃肥肉。若走进老家一些老宅的厨房，你还能清晰地看到布满蜘蛛网的灶台上方，梁柱上垂着一根棕绳——这是用来绑肥肉的。穷苦的年代，毛良坞人只能在大过年宰上一头猪，主人割一块长方形白如玉的肥肉让婆娘挂在棕绳上。每次炒菜的时候，主妇扯着棕绳吊着的肥肉，在热锅的底部很快地一抹，绝对没有多余的停顿，那泛着丁点油花的菜肴能让一家老小吃得有滋有味。

"山里人嘴笨，就是吃不了鱼的缘故。"这是爷爷说的。其实山里人也吃鱼，只是山里没有大鱼，只有河溪里的小鱼，晒干，炸烤着吃，松脆松脆的，连骨头一起嚼着吃下肚。

那是20世纪70年代，爷爷多花了两大袋上好的烟丝和东拼西凑的五块钱，求着村里的姜屠夫宰了一头猪。猪肉、猪蹄，带上好的几十斤肉，准备进城见见未来的亲家。那是爷爷第一次进城。临出门前，一向不进厨房的爷爷特意到厨房转了一下，就像现在女人抹唇膏一样，一把扯下灶台上的肥肉在自己上下两爿厚嘴唇上来回蹭了几把，顿时，干燥的嘴唇油光闪闪。

"你这挨千刀的，这能炒一桌菜哪！"奶奶心疼不已。"你知道个屁！整天吃野菜、地瓜、玉米粉，我这嘴皮都吃裂了，看着我这张破嘴，人家能把女儿嫁过来吃苦头吗？"爷爷一把挡住奶奶抢过来的扫帚，"就是你那儿子读书读出的事，本乡本土的闺女一抓一人把，他偏找城里的，这现宝。"

爷爷撇下抱着扫帚柄发呆的奶奶，大步走到公路旁等汽车。一路颠簸了三个多小时，爷爷晕晕乎乎地摇到了城里，来不及看看城里的"西洋景"，就被母亲领到了外婆家。刚迈进外婆家的爷爷着实让大家吓了一跳，油乎乎的嘴唇沾满了灰尘，还因闻不惯汽油味，一路呕吐，嘴角挂着一根从胃里翻出来的野菜叶子，厚嘴唇覆盖着的厚尘土让原本不爱讲话的爷爷更笨拙了。

好不容易挨到吃饭时间，一盘糖醋鲤鱼摆在爷爷面前。"这，这不会是鱼精吧？我从没见过这么大的鱼。"爷爷拿着筷子不敢下手。"真是个憨宝！"外婆轻声嘀咕了一声，熟练地吃起鱼来，一块鱼肉刚进口，像变戏法似的，舌头就那么一翻一伸，一嘴的鱼刺就吐了出来，爷爷看得目瞪口呆。

母亲夹起一块鱼肉，在自己碗里仔细把鱼刺挑了又挑，然后轻轻放进爷爷的碗里："还是猪肉香，这鱼肉吃着有腥味。"边吃边想的爷爷，还是被一根极其细小的鱼刺卡了喉咙，又咽饭团又喝醋，惹来一阵子嬉笑和忙乱。但爷爷还是被母亲的孝顺举动感动了。临走前，备受外婆一家奚落和嘲笑的爷爷转身像是自语般对外婆、外公说："我们山里人不会来事，有空，你们一家去毛良坞走走看看，挺好的地方，偏有偏的好处。1942年，日本鬼子两次打到常山，全县二十四个乡镇就金源、毛良坞没受灾。"一番话，让昔日为了逃避"小日本"担惊受怕的外公无语。事后，外公见人就说："谁说山里人不会说话？我看就是很能说的。"

回村后，爷爷没把被鱼刺卡到的事透露出来，倒是把吃到的鲤鱼又夸大了好几倍，让乡邻们听得一愣一愣："那真是一条鱼精啊，鲤鱼精……"

在城里多年的父亲也爱吃肉，是爱到骨子里的那种。几年前，父亲身患肺癌，执意回到老家的父亲已病入膏肓。那是个暖暖的冬日，几天饭菜未进的父亲提出要吃红烧肉。母亲和奶奶在厨房里忙开了，装在土罐里的红烧肉放在炭火上慢慢炖，香气很快弥漫了整个屋子。母亲小心翼翼地把味道浓郁的红烧肉捧上父亲的床头，而父亲已经永远合上了双眼。"我苦命的儿啊，临走前连块肉都没吃上呀！"奶奶号啕大哭。"不，他已'尝'到肉的滋味了，你没看他走得这么安详吗？"母亲喃喃自语。

一脉相承，我也爱吃肉，全然不顾女人的矜持。"宁可食无肉，不可居无竹。无肉令人瘦，无竹令人俗……"我可以叨念着苏轼的《于潜僧绿筠轩》专挑五花肉下筷。在我们山里人心里，肉和竹完全可以相提并论。山里人一辈子离不开竹子和肉，卖竹子买猪仔，腊肉炖冬笋、笋干焐红烧肉，日子在竹子和猪肉间轮转……如今的城里人，不像当年战战兢兢进城的爷爷，他们乐不可支地来到我们老家开办农家乐，也大碗喝酒，大块吃肉。

2

春节前，村里有农户宰年猪。堂姐提前招呼，让我订了一只蹄髈和半爿带肋排的五花肉。一块块刚切好的肉块和猪下水摊在蒲扇形的棕榈叶上，冒着热气，散着余温。杀猪匠用剔骨的尖刀在肉皮上扎孔，穿上一道棕榈叶，熟练地打结，递给堂姐。

新鲜的蹄髈和带骨五花肉直接入缸腌制，半个月后，取出用沸水汆了，放在日头下晾晒几日就可食用。剁块炖煮，切片清蒸，或者炒青椒、炒蒜苔、炒"双冬"，都是美味。

老家毛良坞在常山县城的东北端，山里冬日气温低，温差大，特别适合腌制咸肉，猪头、猪脚、蹄髈、五花肉……皆可入缸腌制，抹上粗盐压上石磨即可。风味极佳，无须白酒涂抹、盐巴炒热、花椒揉搓等程序。爷爷辈的年代，山区交通闭塞，山民生活贫苦。我在小的时候，看到很多人家灶台上盐罐里会放块肥肉，渍久了就像一块油润的和田玉，炒菜的时候，拿肥肉往油锅里快速一抹，菜里就泛了油星。山地里的农作物除了稻米，就是番薯、马铃薯、玉米、竹笋，肚里缺油的山里人嗜肉，肥肉尤佳。父亲在杭州大学读书那会儿，爷爷去了趟杭州。父子俩下馆子，点了份素鸡和红烧肉，"红烧肉挑肥的带皮的，最好是全肥的那种"。猪皮紧实的嚼劲和肥肉醇厚的味道相交融，父亲说，饭后一抹嘴巴，整张脸都滋润了起来。

当年，山区物资匮乏，霉干菜、腌辣椒、咸肉等腌制的食物易于储存，尤为重要。年前腌制的咸肉吃不完，或是舍不得短时间内吃完，就用一根棕绳悬挂在厨房灶间的木梁上，通风透气，小心地储放。开春，气温回暖，咸肉渐渐起了味道，放在炭火上煨的时候，臭香臭香。初夏更甚，筒骨里长了蛆，难言的气味愈发浓烈，可就有人好这一口……现在回想起来，真实的风味人间，其实是苦辣咸鲜的人生百味。

堂姐给的蹄髈腌得极好，切开的时候，凝脂嫩肉，有着漂亮的颜色和纹路。我琢磨着，这次，无论如何得做个炭炉，咸肉剁块，放清水，置于炉上炭火慢煨，用最朴素的烹饪方式，还原食材原始天然的味道。

西门的小吃

黄良木

　　小时候，常常听到我们村里的"下放知青"（大多是常山县城的）说"西门乡"一词，长大了才知道，"西门乡"是指县城西门外乡镇的意思。

　　而在县城，人们常说的"西门"——指的是老十字街往西以上直街两边的区域，延伸上去包括古县衙、西峰寺等。此地因为是县府中心，所以一直是县城的繁华所在。

　　记得第一次上县城，是在20世纪70年代末，为了看电影《卖花姑娘》。我们从西门乡的白石集镇上坐公交车，那时一天也没有几趟车，一班人差点把汽车挤爆，哪有什么位子坐。至西门乡的钳口、二都桥一路都是站着"坐"车，背也难得伸直，一直到县城西门站下车，方才轻松了些。哥们开心说道："乡下人进城喽！"眼前的西门片也没有什么高楼大厦，只不过路不是乡下尘土飞扬的泥石路，而是相对干净的水泥路。

再往前去，就让我惊讶了，西门的电影院门口已是人山人海。我们几个小青年冒着被城里人打骂的风险，搭起人梯挤到了售票窗口，才抢买到电影票。

看完电影，已过了午饭时间，我们早已饥肠辘辘。电影院的对面就有几间小饭馆。我们也没有几个钱点肉菜，专拣快熟的面食上桌。那一顿午饭，我吃了两碗手工面，包子吃了一个又一个，只知道说好吃。从此之后，我常常想念西门的小吃。

到了20世纪80年代末，我有幸考进了县委办公室。县委大院的门口就有几爿小吃店。积雪的寒夜，在办公室写材料，耐寒不住，便到大院门口的一家夜市葱饼店买吃食。据说，店主姓江，一家几代人从事小吃营生，大儿子在电影院门口开葱饼店，小儿子这爿店就开在大院门口。葱饼的馅里拌有葱、辣椒和萝卜丝，表皮撒几点芝麻，在火炉中一烤，出炉只要一角五分钱一只。刚从炉里夹出的葱饼，一口咬下去，辣味直钻舌头至咽喉到肠胃，刹那间，整个身子火热起来。

在小店里，我常常遇见县微生物厂的职工，加了夜班，也来吃葱饼驱寒填肚子。常山人喜辣的风味，就在小小的葱饼中展现得淋漓尽致。

西门片除了葱饼店，有一家叫作"品香馆"的馄饨店更有名。店主是一位游姓的百岁老人。他十八岁从江西逃难到常山，开始学习做馄饨，一干就是八十多个春秋。即使年届百岁，依然眼明手快，每天能做四五十碗馄饨出售。品香馆的馄饨料鲜皮薄，鲜味十足。一碗热气腾腾的馄饨上桌，桌上定有常山特有的鲜红辣椒调料罐在那里，加多加少悉听尊便。那时，我和同事徐晓恩经常光顾小店。后来，晓恩还写过稿子，刊登上了《新民晚报》《北京晚报》《人民日报·海外版》。

岁月进入新千年，西门的百年老店"品香馆"风采依旧，只是店主换作游姓老人的儿孙辈了。每天晚饭过后，散步路过的，慕名而来的，尤其是在外面酒桌上意犹未尽的，都纷纷来店品尝一碗馄饨，哪怕排队等候也无怨言。

五年前，城里实行危旧房改造，我搬到了西门居住。无意间发现，离"品香馆"不远的大街边一条弄堂里，经常飘出臭豆腐的香味。寻味而去，见有挤挤挨挨的年轻人在候食。一柄竖立的遮阳伞下，简单的一炉一桌。摊主埋头油炸着臭豆腐，捞出后包进烤饼内，填入油条，浇上均匀的常山辣椒酱，成为一卷团，然后送到等候的顾客手中。有当场窸窸窣窣就解决掉的，也有打包赶路的，其鲜辣过瘾的味道，单看每天络绎不绝来求"臭豆腐"的食客——你就能猜到一二了。

在臭豆腐摊的街对面，还有一家冠以"龙门烤饼"的小摊，想必也是西门口的老店，他的烤饼也延续了常山葱饼的老味道。每天清晨，店里还有主打的油条，刚刚从滚烫的油锅里捞出来，路过的居民总要捎带几根回家。也许，家里还有厨娘和稀饭在等着。

这几年，"品香馆"的对面悄悄地诞生了一家"球川小炒"店。如果你是走进去吃早餐，千万记得要点几个"生煎包"，那也是我的首选。据说该"生煎包"来源于大上海的"生煎馒头"，被勤快的店主外出学会了手艺。其"生煎包"精巧皮酥肉嫩，既有煎饺的焦脆，又有肉包子的浓汁，还有油香、葱香、肉香、芝麻香，再配以柔滑的豆腐花开胃，真可谓一招鲜，吃遍天下了。

都说，民以食为天。我想，西门的小吃也自有它的一方小天地。冬去春又回，小城的人们，在历经了舌尖上一次次的碰撞之后，必将留下美好的记忆，且历久弥新。

老辉埠的茶馆

刘雪标

辉埠老街从村内一直延续到宋诗河边。岸边的码头不知曾驻留过多少诗词的风雅，而老街上的茶馆则是雅俗共欢。无论文人雅士还是贩夫走卒，都喜欢到茶馆中品一杯香茗，听一场戏曲。

"酒乱心性，茶洗尘心"，饮茶，乃雅致情事。辉埠作为宋诗之河沿岸的埠头，历来文士云集，他们在江边茶楼品茗吟诗。他们用茶洗涤心灵，他们借诗兴观群怨。在老辉埠的茶馆里，茶完全代替了酒的作用，借着茶兴，他们切磋学问，高谈阔论，老辉埠的茶馆见证了他们的文采风流，胸中乾坤。

老辉埠的茶馆不只有文人雅事，还有世俗生活的热闹气息。这才是茶馆的底色，商贾船主、贩夫走卒、普通民众是茶馆顾客的主体。清代辉埠老街的兴起得益于石灰产业的繁荣，因此出入茶馆更多的是石灰商和船老大。他们财大气粗，出手阔绰，茶馆的热闹气氛大多是由他们带动起来的。

清末民初，看戏是当时社会流行的娱乐活动之一。老辉埠的茶馆全都外带戏台子，船老大们在江边茶楼一边品茶，一边观景，一看到江中有戏班子来船，船老大便二话不说，直接命令船工们把戏班子的船拦将下来，让戏班子连唱个三五七天才放行。帝王将相、才子佳人的故事，在这里被持续演绎，被不断被改写。

诗词歌赋未必人人都能写，但戏曲品评却个个都会说。曲终人未散，茶馆的茶客们便三三两两聚在一起回味和品评各色戏曲人物。此时的茶馆又迎来一阵热闹，任你高雅还是粗俗，在这里都可以畅所欲言。语出经典，迎来一阵喝彩；品评失当，也无非被一时讥笑而已。茶馆里的戏曲也成为雅俗共欢的交汇点。

老辉埠的茶馆也是重要的社会活动场所。哪家大灶石灰好，哪个大灶出了事儿，谁家儿子要娶妻，谁家女儿要出嫁，谁谁两家不对付……这里都能打听到。所以，老辉埠的石灰生意多半是在茶馆里谈成的，儿女婚嫁之事也基本在这里说媒撮合，十里八乡的矛盾纠纷经常在这里调解说和。

事情办成之后，难免要美美地吃上一顿。辉埠老街地面较小，所以提供餐饮也成了老辉埠茶馆的附加功能。来自不同地方的船老大们腰缠万贯，懂得享受，所以茶馆老板也投其所好，菜的口味包含了各地不同的风味，且做工精细，爆炒蒸煮、酸甜苦辣，在这里应有尽有。可以说，进一回辉埠茶馆，即可吃遍大江南北，这是老辉埠饮食文化的又一特色。

陪花再醉一会儿

创作团队简介

 稻田读书

读书生活社群文艺品牌

以阅读为纽带，以兴趣为指导，以社群为渠道，通过读书、旅行、创作、展览等方式，激发潜能与才华，共同创造精神世界的诗意与富足。

苏沧桑　　作家，中国作家协会会员，著有《纸上》《千眼温柔》等

海　飞　　作家，编剧，著有《麻雀》《苏州河》等

李青松　　生态文学作家，中国报告文学学会副会长，著有《开国林垦部长》《哈拉哈河》等

佘　风　　中国作家协会会员，衢州市作家协会主席，浙江省作家协会主席团成员

周华诚　　作家，中国作家协会会员，著有《陪花再坐一会儿》《江南三书》等

何婉玲　　作家，著有畅销书《山野的日常》《唯食物可慰藉》等

松　三　　作家，著有畅销书《古玩的江湖》等

吴卓平　　资深文化记者，著有畅销书《杭州：钱塘风物好》等

林志贞　　衢州市作家协会会员

王文英　　衢州市作家协会会员

姜　君　　资深美食爱好者

黄良木　　浙江省作家协会会员

刘雪标　　衢州市作家协会会员